もふもふを
vol.4
知らなかったら人生の半分は
無駄にしていた

チュー助（チュームライアス）
短剣に宿った下級精霊。ユータの魔力を勝手に使って具現化したものの、ユータが変な想像をしたせいでねずみの姿になった。
ラピス
深い青色の瞳と真っ白な体毛を持つ、手のひらサイズの小さな狐のような神体。「きゅ」と鳴き、もふもふで愛らしい。
モモ
ユータが召喚したフラッフィースライムで、召喚獣たちのお姉さん的存在。
ユータ
日本の田舎から異世界に転生した少年。領主であるカロルスに助けられ、異世界の知識や魔法などを習得していく。

エルベル
ヴァンパイア隠れ里の幼い王様。一族内でトラブルがあり、天涯孤独となった。
ラキ
ユータと同部屋の同級生。ユータとタクトのまとめ＆ツッコミ役。冒険よりも素材に興味があり、加工師を目指している。
メリーメリー先生
ユータのクラス担当の先生。元気ハツラツで明るい生活だが、抜けていてよく子どもにフォローされる。魔法の授業を担当。
タクト
元気で子どもらしく、戦いや冒険が好きなユータの同級生。カロルス様に憧れていて、Aランクの剣士を目指している。

CONTENTS

もふもふを知らなかったら人生の半分は無駄にしていた

vol.4

ひつじのはね

イラスト
戸部淑

1章　ユータ、入学する

ハイカリクの街、貴族の宿の前には、ちょっとした人だかりができていた。

「面倒を起こすなよ！　何かあったらアリスに言え。ベッドもタンスも持っていくなよ⁉」

「ユータちゃん、忘れ物ない⁉　もう一度ぎゅっとする⁉」

「気を付けるんだよ〜！　危ない目に遭ったら、周囲を吹っ飛ばしてもいいから自分の身を守るんだよ！」

「ユ……ユーダざまぁ……」

「ユータ様、以前私が申したこと、覚えていてくださいね？」

恥ずかしい！　恥ずかしいから‼　学校の前じゃなくて本当によかった……。セデス兄さんだけのはずだったのに、入学の日だからと、みんなハイカリクまでついてきてしまったんだ。

「だ、大丈夫！　分かったから、いってきます！」

早々に手を振って走り出した背中に、今生《こんじょう》の別れのようなマリーさんのむせび泣きが突き刺さった。ご、ごめんね……でも数日もしないうちに会いにいくって言ったのに……。

上気した頬《ほお》を押さえ、今日は１人で大きな門を見上げた。大丈夫、オレはもう学生になるんだ。冒険者にもなるんだから、1人は不安なんて言っていられないんだ。それでも振り返ってしまう自分を叱咤《しった》すると、ぐっと胸を張って門をくぐった。

うわあ……子どもがいっぱいだ。

村には子どもが少なかったから、こんなにたくさん子どもがいるのが不思議に思える。ええと、オレはどこに行けばいいのかな？　タクト……タクトいないかな？　この人混みの中でタクトを探すのは至難の業《わざ》だと知りつつ、つい知った顔を探してしまう。不安そうにキョロキョロしている子や、泣いちゃっている子もいるのを見て、みんな不安なんだなと思うと、少し落ち着いてきた。オレがしっかりしなきゃ！

ティアとラピスに飛んでもらって集合場所を確認すると、どうやらふざけた生徒が案内の看板を壊しちゃったせいで大混乱しているようだ。

「こっちに集まるんだよ！　一緒に行こう」

「みんなで行こうね。こっちだよ」

右往左往する子たちに声をかけて回ると、小さなお手々を次々と繋《つな》いで、数珠《じゅず》繋ぎの長い列を形成していった。他の1年生にも分かるように、なるべくぐるりと門の付近を歩いてから集合場所へ向かう。手を繋いで安心したのか、泣いていた子たちも楽しそうだ。

「1年生はこっちだよー！」

他の子たちも声をかけ始め、チビッ子の列はどんどん長くなりながら到着した。

「なっ、何々⁉　この行列はなんなの？」

集合場所で人の整理をしていた若い先生が、突如現れたチビッ子行列に仰天《ぎょうてん》している。

「先生、こんにちは！　看板がなくて迷子になりそうだったので、お手々繋いで来ました」

「えっ？　君が案内を？」

そうか、明らかにオレの方が小さいもんな。オレは連れてきてもらったことにしよう。しかしオレが口を開くより早く、手を繋ぐ子たちが話し出してしまった。

「この子が連れてきてくれた！　なんで先生いないの！　パパは先生がいるって言ったのに」

「この子がみんなを引っ張ってきたのよ！　大人がいなくて怖かったんだから！」

ここぞとばかりにブーイングの嵐だ。怖かった分、安心したら爆発しちゃったようだ。

「えっ？　えっ？　ご、ごめんね？　大きな案内板があったでしょう？　ツィーツィーが案内担当だったはずなんだけど……」

「先生、ところで集合はここでいいですか？　並んで待ってたらいいの？」

チビッ子たちに責められてたじたじする先生に、助け船を出す。

「う、うん！　ここで離れないようにしていてね！　もうすぐお話に来るからね！」

「はーい！」

　そそくさと離れた先生を見送り、振り返って愕然《がくぜん》とした。既に列を成していないチビッ子たちが、バラバラとほどけて散っていきそうだ。

「ティ、ティア！　お願い！」


「わあー！」

「かわいい！」

　――ふう……ティアのお陰でなんとかなりそうだ。

「はい、今その鳥さんがとまった人から、後ろはおとなりだよー！」

　ティアの助けを借りて、放っておけばバラバラになりそうなチビッ子たちを整列させていく。

　ティアが先頭からチョンチョンと子どもたちの肩を辿《たど》って、20人目でピタリととまると、後ろの子どもたちは自ら素早く隣の列へ移動する。なぜなら……。

「来た来た！」

「うふふ、やった！」

　きちんと並ぶと、再び先頭に戻ったティアが隣の列へ移動してくるからだ。こうして瞬《また》く間に20人の列と余り5名で5列が形成された。きっとまだいるんだろうけど、大体１００人ぐらいなんだな。多いと思うけど、各地から集まってきていると思えば少ないぐらいなのかな？

「あ、あれぇ？　どうなってるの？」

「スゲーっスね！　誰が整列させたんスか？」

あ、メリーメリー先生だ！　オレたちが整列してしばらくすると、数名の先生らしき人たちがやってきたので、オレは素早く余り列の一番後ろに並んだ。

「あ、あのさ、君たち1年生だよね⁉　どうしてこんなお利口さんに並んでるの？　いつもみんなぐちゃぐちゃでわんわん泣く子もいるし、先生たちスッゴク苦労してたんだ！」

「鳥さんが来てくれるから並んだの！」

「ちゃんと並んでたから、俺のとこ、3回も来たんだぜ！」

にこにこと口々にティアのことを伝えようとする子どもたちに、先生は困惑気味だ。

「とり、さん……？」

「先生ー！　これからどうするんですかー？」

目立ちたくないオレは悩んだ末、群衆の声その1を装って声をかけた。

「はいはいっ！　そうね、ここで立っていても仕方ないもんね。こんなに列が揃《そろ》っているうちに！　さあ校長、長い話を！」

「誰が長い話か！」

咳《せき》払いしながら進み出てきたのは、背の高いすらりとした女性。すっごく綺麗《きれい》な人だ。お耳が長くてカロルス様より淡い色の金髪、白い肌。校長先生……？　随分《ずいぶん》若く見えるけれど。

「1年生諸君、まずは入学おめでとう。わしが校長のヴィートリルデリアス・ススメリアーナ。ふむ、覚えられぬと思ったのじゃろう？　今はヴィー先生でよいぞ。卒業までには名前を覚えてくれるとありがたいの。見ての通りエルフ族じゃから、お主らの、そうさの……何百倍生きておるのじゃろう。あれは知っておるか？　トートリアス平原に黒オーガが湧いた事件。……知らんと？　では悪徳ギルテアの事件の頃には生まれておったか？　おや、それも知らぬか」

あ、これ長い。のんびりした口調で着地点の分からないお話がズルズルと続いていく……だんだんと消耗してくる6歳児たち。なんで今この人に話させたの……抗議を込めてメリーメリー先生を見ると……寝てる!?　難しい顔を保って腕組みして目を閉じているけど、あれは確実に寝ている！　ずるい、先生だけ寝るなんて！

「（ティア、ちょっと先生起こしてきて！）」

「ピピッ！」

こそっと飛び立ったティアが先生の肩にそっととまると、こちらを向いた。よし、配置完了……標的はこのあとの悲劇も知らずにおねんねだ……！　さあティア、ＧＯ!!

オレの謎の手信号に従って、ティアが作戦を決行した!!

「ほひゃあああ⁉」

耳の穴に小さなくちばしを突っ込まれたメリーメリー先生が、面白いぐらい飛び上がった。

素早く離脱したティアが、そっとオレの肩に戻ってキリッと胸を張った。よし、ティア隊員よくやった！　任務完了だ！

一方、メリーメリー先生は校長先生の長いお話をぶった切ったことに気付かず、何事？　と見つめる皆の視線を勘違いしたようだ。

「へっ？　あ、はいっ！　以上、校長先生のお話でした！　拍手っ！」

メリーメリー先生、ファインプレーだ！　ここぞとばかりに拍手する1年生。

「はいはいチビッ子たち、こっちへついてきて欲しいッス！　ちなみに自分は3組担当のマッシュ先生ッス！　あっちのちっこい緑の髪の先生は、5組担当のメリーメリー先生ッス！」

これ幸いと流れるように事を進めるマッシュ先生。ぞろぞろついて歩き出すと、ぽつねんと残ったのは校長先生。置いていってよかったの……？

「わし……まだ名前しか言っとらんのに……」

「ほい、ここッス。ここが大教室ッスね！　説明するから適当に座って欲しいッス」

「前から順番に座ってねー、いい子にして、静かにしないとー、雷が落ちますよー！」

メリーメリー先生が短い杖を振ると、嵌《は》まった石の周囲にスパークが走ってバチィッと音がした。え？　雷って比喩じゃなく？　先生、6歳児とマッシュ先生が怯《おび》えてるから……。

粛々《しゅくしゅく》と着席すると、後ろからちょんちょんとつつかれた。

「（ユータ！）」

「（タクト!?）」

振り返ると、少し不安げな面持《おもも》ちだったタクトがにかっと笑った。

「（よかった、お前いないのかと思ったぜ）」

「（オレもタクトさがしてたの！）」

ひそひそと喜びを分かち合っていると、大教室に誰か入ってきたようだ。

「はいはいっ！　みんな静かにしますよー！　こちらが、今年、君たち1年生のクラスを担当する先生たちになります！　こっちから順番に～1組メメルー先生、2組ツィーツィー先生、3組マッシュ先生、4組ロロ先生、そして5組が私、メリーメリー先生！　みんな仲よくしてくださいね～！」

メリーメリー先生は、子どもみたいな見た目だけど、もしや古株《ふるかぶ》なんだろうか？　小さな体でちょこまかと走り回りながら進行役を務め、先生方の紹介をしてくれている。

授業のシステムや学校のルール、設備も説明があったけれど、なんせ聞いているのが6歳児なものだから、説明はどれもざっくりだ。

授業は大学に近い印象だ。いろんな教科があって、最初のうちは受講必須のものが多いけれど、徐々に自分たちで必要なものを選択して受けていくようだ。まだ6歳だと向き不向きも分からないので、まずは必須の授業で広く浅く大体の分野を網羅《もうら》する形になるみたい。

「じゃあこれからみんなのクラスを発表しまーす！ 楽しみだね！ 順番に先生の前に来てね！ クラスを伝えたら、それぞれの担当の先生の周りに集まること！」

のろのろ進む列にドキドキそわそわしながら先生の前へ行くと、名前を告げた。

「お、ユータ君！ 試験満点だったよ。さすが飛び級だね！ ユータ君はなんと、5組、私のクラスなんだよ！ 先生と一緒に頑張ろうね！」

さすがにオレよりは大きいメリーメリー先生が、小さな手で頭をぽんぽんとした。先生のクラスなら嬉《うれ》しい！ さっそく先生の後ろへ並ぶと、ほどなくしてタクトもやってきた。

「一緒だな！ ラッキー！」

嬉しそうな顔をしてくれるタクトに、オレも満面の笑みを向けた。

「5組のみんなー！ こんにちはっ！ 担当のメリーメリー先生だよ！ そしてここが5組の教室だから、ちゃんと覚えておくんだよ？ みんな仲よくね？ すぐには覚えられないと思うけど、自己紹介しよっか。あとこれね、1年生は名札をつけるんだよ」

教室へ移動したあと、名札をつけると、端の席から自己紹介が始まった。

「タクトです。父ちゃんとハイカリクに住んでるんだ。将来はAランクの剣士になるぞ！」

なんだかこの緊張感、懐かしいな。タクトの自己紹介が終わって、次はオレかな？

「ユータです！　ヤクス村のカロルス様のところでお世話になってます。将来は冒険者になりたいです！」

どきどきする胸を押さえてほっと息を吐《つ》き、さあ座ろうとしたところで教室がざわつく。

「それだけっ!?」「ちっちゃい！」「いやもっと他に言うことあるでしょ！」

きょとんとしたオレに、タクトが耳打ちした。

「お前、明らかにオレたちより小さいだろ！　そのへん、みんな聞きたいと思うぜ」

再び立ち上がると、さっきみんなにバレちゃったであろうティアのことも、この際紹介しておいた。

「えっと、オレは4歳です！　飛びきゅう入学しました。こっちは小鳥のティアです。おとなしくて、悪さしないよ。よろしくおねがいします！」

ぺこりと頭を下げてにっこりすると、「4歳!?」「4歳だって！」と再びざわついた。

「はいはい、上手に自己紹介できたねー！　そう、ユータくんは飛び級入学した4歳だから、みんなお兄さんお姉さんだよ？　ちゃんと面倒見てあげてね？　さ、次の子どうぞ！」

再開された自己紹介を聞きながら、周囲を見回した。当たり前だけど、みんな6歳なんだな……飛び級入学したのはやっぱりオレだけみたい。うちのクラスは19人、男女が半々ぐらいで、学校に来て驚いたんだけど、普通の人じゃない人たち（？）も結構いるんだね。校長先生もエルフ族って言ってたっけ。

ヤクス村はド田舎だから同じ種族の人しかいなかったけど、ハイカリクはいろんな人がいて面白い。髪色も基本は茶〜金色系統が多いけれど、森人《もりびと》のメリーメリー先生は緑だったり、白や水色もいる。黒髪はいないけど、これだけ色々あれば目立つってことはなさそうだ。

「さて、次は寮《りょう》を案内するね！　この街にお家がない子は大体寮に入るから、みんな仲よくね！　寮ではお兄さん、お姉さんと一緒の生活になります。ちゃーんと言うことを聞いて、いい子にしてね？」

残念ながらタクトは借家がハイカリクにあるので、そっちから通うみたいだ。なぜか一番るんるんしている先生を先頭に、大きな建物に向かった。

「はい、このお部屋はミッチくんとニコスくん、部屋長《へやちょう》さんがいるからお話を聞いて仲よくね！」

廊下に並んだドアの前で、先生がせっせと生徒を振り分けている。各部屋のドアがちょびっと開いて、中から様子を窺《うかが》っているらしいのが微笑ましい。

どうやら1年生の部屋は、1年生2人に上の学年1人、それに部屋長と呼ばれる5年生以上の生徒1人で構成された4人部屋がメインみたいだ。

「さ、ユータくんはここ。ラキくんと一緒ね！」

扉の前に、オレと共に呼ばれたのはラキくん。おっとりした雰囲気の、背が高めの子だ。

「ラキくん、よろしくね！」

「うん、ユータちゃん、よろしくね～？　僕、ラキでいいよ～」

にこっとしたオレに微笑み返したラキくん、優しそうでホッとした。

「そう？　じゃあオレもユータって呼んでね？」

ラキが子どもの割に大きめだったので、つい大人といる感覚で手を繋いで、ちょっと驚かせてしまった。

「あ、ごめんね！」

「うふふ、大丈夫、僕、お兄さんだもんね～」

照れた顔で嬉しそうに笑うラキは、オレより少し大きな手できゅっと握り返してくれた。胸を張ってお顔を引きしめると、緊張を滲《にじ》ませながら部屋の扉をノックした。

「どうぞ」

落ち着いた大人みたいな声だ。これが部屋長さんかな？　そっと開いた扉の中は、ビックリするぐらい狭かった。入り口の両側にロッカーみたいなものが計4つ、部屋の中には2段になったベッドが2つ、一番奥に窓があって机が1つ。以上！　って感じだ。ベッドは壁にくっつけて設置されているけど、中央のスペースは人が通れるだけしかない。生活空間であるベッドの上からは、2人の住人がオレたちを見つめていた。

「ようこそ、207号室へ！　私が部屋長のテンタリーズだよ。6年生だ」

「テンチョーって呼んでね！　そして俺はアレックス、4年生！」

「アレックス！　余計なこと言うな！」

アレックスさんはなんだか「放浪の木」のピピンさんみたいな雰囲気だね。小柄じゃないし、なんならアレックスさんの方が背が高いくらいだけれど。

部屋長さんはすごく落ち着いていて、もう子どもとは言えない雰囲気を感じた。6年生だと12歳、この世界では立派に働いている年代だ。この世界の子どもは見た目も大人っぽいなあ。

「はじめまして！　オレはユータ。4歳です！」

「えっと、僕はラキ。6歳です」

ヒュウ！　とアレックスさんが口笛を吹いた。

「噂《うわさ》のおチビちゃんじゃないの！　ウチの部屋なんだ！　みんなに自慢しよっ！」

「アレックス！　……悪いな、落ち着きのない4年生で。何かあったらまず私を頼るといい。それじゃあ寮について説明するから……とりあえず私のベッドに座ってくれるか？」

テンチョーさんのベッドにみんなで腰掛けて、ロッカーやベッド、お風呂や食事について説明を受けた。オレたち1年生は軽いからベッドは上の段、お風呂は共同風呂が1階にあるらしい。食事は自由だけど、1階に食堂があって定刻になるとどーんと大人数分の料理が並べられるから、お金がないうちはそれを食べる人が多いんだって。

ビックリしたのは外出に制限がないってこと。基本的に全て自己責任に基づいているので、信じられないほど自由度が高い。危ないと思うなら学校から出るな、出た場合は知らん！　という方針のようだ。だから働きながら学校に通っている生徒もいるし、冒険者として依頼をこなしつつ授業を受ける生徒が多いそうだ。

「さて、説明は以上だ。ベッドはどっちがいい？　荷物はベッドの上かロッカーに片付けておくんだ。おっと、部屋が分からなくなる子が多いから、名札に部屋番号も書いておくこと！　全部済ませたら夕食まで自由にしていていいぞ」

「わーい！」

探検しよう、探検‼　わくわくしてテンチョーさんのベッドから立ち上がると、ぴょんと飛んで上段ベッドの柵《さく》を掴《つか》んだ。そのままくるっと逆上がりの要領で上段のベッドに着地する。

どっちも造りは一緒だし、オレこっちのベッドでいいかな？　ラキに尋ねようと下を覗《のぞ》き込むと、３人がぽかんと口を開けて見つめていた。

「……？　どうしたの？」

「お……お前、スゲーな！　４歳でそこまでできるのか……！　そりゃ噂になるわ！」

「お前知らないの？　審査で体格以外はどれも平均以上を叩《たた》き出した4歳児がいるってよ！」

「……うわさって？」

「……それ、オレじゃないと思う」

「「「お前（君）だよ!!」」」

な、なんで……？　全部ちゃんと平均をとったはず……。

一体何が間違っていたんだろうと悶々《もんもん》とするオレに、ラキが不思議そうな顔をした。

「すごいことなのに、イヤなの～？　どうして～？」

「うーんと、あんまり目立ちたくなかったの。嫌われちゃうかなと思って」

実際は生徒に対してではなくて、世間に対して。6歳児に言っても分からないだろう。大人の都合で利用されたくない、なんて4歳児が言うとおかしいし。

「大丈夫だよ～、僕がついててあげるから～！」

お兄さん風を吹かせたラキが、フンス！　と気合いを入れるのが微笑ましい。

「そっかそっかー、ユータはかわいいから嫌われたりしないと思うぞ！　大丈夫！」

「ただ、確かにやっかみを受ける可能性はあるかもしれないぞ。女生徒の人気も高そうだから余計に……。私も気を付けておくけど、あまり1人きりで行動しないようにな？」

「あ、そっかーモテない男から恨みを買うってヤツ？　俺ってモテるから、そんなの気付かなかったわ！」

「お前がモテるのは何かの間違いじゃないか……？」

「またまたー！　顔よし・性格よし・成績よし！　モテなきゃおかしいでしょ？」

アレックスさんはカッコイイというか、かわいい顔をしているのでモテるのだろう。自信満々なところが、ますますピピンさんと似ているなと思った。でも、オレからすると落ち着いた大人の雰囲気漂う、テンチョーさんの方がモテそうな気がするけど。

先輩2人のやりとりを聞きながら、今のうちにこっそり収納に入っていた物品をロッカーに移しておいた。枕は持ってきたものと交換して、小さなオレの城が完成だ。ラキはと見ると、まだ片付けに時間がかかりそうだ。

「テンチョーさん、オレ遊びに行ってくる！」

ぴょんと飛び降りて部屋から出ようとしたところで、首根っこを掴まえられた。

「私はテンタリーズ！　……いやそれはいいが、ユータ？　私の話を聞いていたか？」

「えっと……アレックスさんがモテるのは何かの間違い？」

「ちょ、なんでそこだけ覚えてんの!?　明らかに求められた答えと違うよね!?」

ぶらんとぶら下げられたまま、ことんと首を傾げた。

「えっ、えーと……テンチョーさんの方がモテる？」

「言ってない！　私はそんなこと言ってないぞ!?」

「テンチョー……実はそんなこと考えてたのかよ!?」

「ち、違うっ！　ユータ、何を言うんだ！　私が言ったのは1人で行動するな！　だ!!」

わたわたと顔を赤くして焦るテンチョーさんは、どうやら硬派なようだ。一方のアレックスさんはまだ10歳だと思うんだけど……なんでこんな軟派男の雰囲気を漂わせているんだろう？

「……ユータ、聞いてるか？」

「えっ？」

聞いてなかったかもしれない。きょとんとしたオレに、テンチョーさんが深いため息をひとつ。

「お前……先が思いやられるな……。１人で！　うろつくな！　って言ったんだ!!」

「えー」

「えーじゃないだろう、上級生に目を付けられたらつまらんぞ」

大丈夫だと思うんだけど……でも初日にいきなりトラブルになっても困る。何せオレはちょっとばかり他の子より小さいし、目立つのは間違いない。出る杭《くい》は打たれるって言うけど、むしろ引っ込んでる杭だ……なんて思って少しヘコんだ。

「でも……オレだって探検したい！」

「探検か！　懐かしいねぇ、俺やテンチョーと仲よくしてたら大体のヤツは大丈夫じゃねぇ？」

「まあ……牽制《けんせい》はある程度できるか。仕方ない、ラキも一旦《いったん》片付けは置いて一緒に行こう」

やった！　案内してもらえるならそれはそれで楽しいだろう、探検はまた今度にしよう。

「ねえ、どうして2人といるとけんせいになるの？」

テンチョーさんと手を繋いで歩きながら、高い位置にある顔を見上げた。

「優秀だからな！　あ、当然俺もね！　そんじょそこらのヤツに負けない力があるってワケ！」

「私は学生同盟のサブリーダーだからな。アレックスは……目立つし、女生徒から人気があるらしいからな」

学生同盟……生徒会みたいなのがあるのかな？　つまりは人気者の2人ってことなのかもしれない。先生たちはそんなことも考慮して部屋組みしてくれたのかな。

「よ、テンチョー！　どうしたんだよその子。隠し子？」

「うるさい！　1年生だ！」

「いやー俺、俺、俺の隠し子なんだぜ！」

「アレックスが言うとシャレにならねえよ……」

談話室では数人の男の子がだらだらしていた。なんだかみんな和気あいあいとして楽しそうだ。テンチョーさんとアレックスさんは、やっぱり人気者なのか、方々から声がかかる。

「こんにちは！」

にこっとして手を振ると、ラキも慌《あわ》てて挨拶《あいさつ》した。

「おお〜出来のいい1年……？　その子ちっこくないか？　誰かのいも……弟じゃねえの？」

「それが聞いて驚け！　こいつがアノ4歳児だぜ！　俺たちの同室になったんだよ！」

なぜかアレックスさんが自慢気《じまんげ》に言った。この案内はオレとテンチョーさんたちの繋がりを見せて回る意味もあるらしく、テンチョーさんは何も言わずに足を止めている。

「へえ〜！　もっとイカついヤツかと思った！　こんなかわいい子だったんだ！　てことは、あの噂は尾ひれついた感じか〜！」

「それがそうでもなさそうでさ……えーとユータ、バク宙とかできる？」

ちらっとこちらを見るアレックスさん。

「できる！」

お安いご用！　とんっと飛び上がって前方1回転3回捻《ひね》り！　あ、もしかしてバク宙って後ろに回る方だった？　と回転しながら気付いたオレは、着地と同時にもう一度後ろ向きに1回転3回捻り！

――（10・0！　回転にキレがあって着地にブレがないの！）

姿を隠しているはずのラピスからこそっと採点が入る。よし！　久々の満点だ！　にこにこしながらテンチョーさんと再び手を繋いだ。

「……」

手を握り返さないテンチョーさんを不思議に思って見上げると、ぱかっと口を開けてオレを見つめていた。ラキも、アレックスさんも。ついでに談話室にいた他の人たちも。

「……どうしたの……？」

「……ど、どうしたじゃねえよ!?　お、お前ヤバイやつじゃん！　何それ!?」

「だってアレックスさんがバク宙してって……」

「フツーのでいいんだよフツーので！　4歳でバク宙できたら十分スゲーから！」

「……普通にしたよ？　前に回るか後ろに回るか分からなかったから、どっちもしただけ……」

「お前『普通』に謝れ！　うわーんテンチョー！　こいつヤバイ！　自覚が死んでる！　どう

しよう!?　とりあえず撤収《てっしゅう》、撤収～！」

アレックスさんに押し出されるように談話室を後にすると、早々にお部屋に戻った。

「だってこのぐらいだったらできる子もいるって聞いたよ！」

「できるか！　ってそれ、誰に聞いた？」

「カロルス様とか……セデス兄さんだって言ってたもん！」

「おーまーえーなあ！　それロクサレンの英雄カロルス様だろ!?　Aランクだろ!?　規格外！

Aランクって知ってるか？　規格外の人外連中って意味だぞ」

人外!?　それは知らなかった。カロルス様たち、全然ダメじゃないか。あの人たちを基準にしたらとんでもないことに……やっぱり世間を知るためにも、学校に来たのは正解だったね。

「な～んか心配しなくてもいい気がしてきた……」

アレックスさんがぶにっとオレの両頬を引っ張った。


見学が早々に終わってしまったので、仕方なくベッドで本を広げていると、ラキが目をきらきらさせてオレのベッドに乗り込んできた。

「ユータは冒険者になりたいんでしょ～？　僕、加工師をやりたいから、素材を集めるために冒険者になるんだよ～。ユータはまだ小さいから無理かなと思ってたけど大丈夫そうだね～、冒険者になったら一緒に依頼受けに行こうよ〜！」

「わあ！　うん、一緒に行こう！」

一緒に冒険！　外に行くのは本当に命がけだ。楽しそうだなんて言ってられないんだけど、みんなで冒険って考えたら、やっぱり胸が躍るよね。

「お前たち、随分軽く言ってるが、外に行くのは相当危険だからな。そのへんは仮登録までに授業でやるから問題ないとは思うが」

くつろぐ体勢になって、ベッドで本を取り出したテンチョーさんが釘を刺した。

「うん、大丈夫、怖いの知ってるよ。襲われたこともあるの」

「へえ〜、そんなのほほん顔して、危険な目に遭ったことあるんだ！　例えば？」

アレックスさんが何かむしゃむしゃと食べながら、話に入ってきた。

「ちなみにさ、俺とテンチョーはEランクなんだ！　生徒でEって結構スゲーんだぜ？な？」

言いながらテンチョーさんのベッドへ侵入して、のしかかった。

「Eランク！　すごい〜！　僕も、頑張ったらなれるかなぁ〜」

「なれるって！　ちゃーんと頑張ったらな！」

ラキが2人に憧れの視線を向けた。そうか、ニースたちがDランクで、そこそこな冒険者っぽかったから、大人と同等ってことだもんね。

「そんで、ユータはどんな魔物を見たことあるの？」

「ええと……大きいトカゲに、ティガーグリズリー、ゴブリンがたくさん、ウミワジ、ゴブリンイーター……かな？　でもあんまりお外には行けないから、見る機会ってあんまりないの」

「ぶふっ！　いや、なんでそんなに遭遇《そうぐう》してんの⁉　よく無事だったなー」

アレックスさんが口の中のものを盛大に吹き出した。当然ながら、のしかかられていたテンチョーさんには甚大な被害が及んでいる。

「っ！　……お前ーー‼」

「あっ！　不可抗力！　不可抗力でしょぉー！」

テンチョーさんが怒りの形相《ぎょうそう》でアレックスさんの胸ぐらを掴んで何やら呟《つぶや》くと、小さな氷塊《ひょうかい》が出現して、ドザザーっとアレックスさんの襟足《えりあし》から背中へ注がれた。

「ひょわあーーつめてっ！　つめてー！」

そのまま自分のベッドへ放り投げられたアレックスさんは、悶絶《もんぜつ》して服を脱ごうとしている。

テンチョーさん、魔法使いなんだ！　四角くてゴツイから武術系か何かかと……。

「すごい、発動早い……コントロール能力高い～」

ラキは恋するオトメのような眼差しでテンチョーさんを見つめている。

「ラキは魔法使いになるの？」

「えっ？　どうかなぁ……魔力って加工するのに使ってただけだからね～、僕、魔法使いになれるほど魔力あるかなぁ。でも、剣で戦うよりは魔法の方がいいな～」

確かにラキは魔法使いの方が向いてそうだけど、口調がおっとりしているから、あの早口呪文を言えるんだろうか？　執事さんの呪文なんて人智を超えた早口だよ？

「ほう、ラキは加工が得意なのか？　その年でできるなんてなかなかの才能だな！」

「で、でも僕、まだそんなに加工したことないんだよ！　まだまだなんだ～」

ラキは自信なさげにするけれど、同時にとても誇らしそうだ。やる気を漲《みなぎ》らせるその芯の通った姿は、きっといい加工師になると予感させた。


「よしっ！　ラキ、ユータ、飯の前に風呂行こうぜ！」

氷浸けになった服を脱ぎ捨てて、上半身裸のままごろごろしていたアレックスさんが、声をかけてきた。寒かったんだね……両腕をさすって縮こまった姿が哀れだ。

お風呂！　寮のお風呂は男子寮と女子寮共通なんだけど、当然ながら、浴場自体は男女に分かれている。貴族の子どももいるから、ちゃんと湯船まで完備されているんだって！

うきうきと向かうと、女湯の前に数人の女の子がいた。

「よっすー、今から風呂？　俺の湯上がり待ち？」

「誰が！　って、あんた風呂場に行ってから服脱ぎなさいよ！　……え……？　ちょっとちょっと、あんた何やってんの⁉」

振り返った女の子は結構上の学年のグループらしく、やはり見た目は日本人よりも随分と大人っぽい。むしろ、オレの目にはもう十分大人に見える。

女の子は突然慌てた様子で駆《か》けてくると、こちらへ手を伸ばした。

「わっ⁉」

ふわっと体が浮いて、柔らかな体に抱き上げられた。

「あんた、何、男風呂に連れ込もうとしてんのよ！」

突然の出来事に目をぱちくりさせていると、女の子はアレックスさんをひと睨《にら》みして、オレを抱えたまま女生徒グループの方へと戻っていった。

「きゃーかわいい！　なにこの子？　どうしてここにいるの？」

「私も抱っこさせてー！」

「ほっぺぷにっぷによ！　何これ！」

子犬のように、女生徒から女生徒へ次々に受け渡されていく……一体何事？　戸惑うオレたちに構わず、女生徒グループがきゃっきゃとオレを抱えて歩き出す……女風呂に向かって！

「えっ⁉　待ってー待って！　なんでっ？　やだやだやだ！　離して！」

「ああっ！　それはちょっと！　ユータ、俺と代われ！　今すぐにだ‼」

アレックスさんのおバカ！　ぽんこつ！

オレを助けようともせずに悔《くや》しがる彼を、内心罵倒《ばとう》しながら手足をばたばたさせた。

「どうしたの？　アレックスたちと入りたかったの？　でもあっちは男風呂なの。あなたが入ったら危ないわ」

よしよしと赤子のようにあやされていた時、女の子の裾《すそ》をくいくいと引く手があった。

「あら？　ごめんね、あなたは男風呂に行かなきゃいけないのよ？　あなたくらいなら、私は構わないいんだけどね」

「ううん、お姉さん、その子、男の子なんだ〜僕と同室の子。そっちに行くの恥ずかしいと思うよ〜？」

「えっ？」

驚いた女生徒たちがまじまじとオレの顔を見つめた。

「男の子……？」

「うん！　オレ、男！　ユータって言うの」

女の子だと思われていたのか……ガックリしながら急いで告げると、きりっと顔を引きしめて手を突っ張り、なるべく女の子から離れようとした。

「ホントに？　こんなかわいいのに……」

「ええっ？　もう、男の子でもいいんじゃない？　こっちに入りましょうよ！」

不吉な声が聞こえたので慌てて下ろしてもらい、ささっとラキの後ろに回った。

「ラキ～、ありがとう！　オレどうしようかと思ったー！」

ラキにすがりついて感謝した。さっそく守ってくれてありがとう！　君は頼りになる男だ！

「あはは、ユータは女の子に見えちゃうもんね。オレも最初、女の子かと思ったもん～」

そうか……ここの制服は男女の差がないから、幼い頃は区別がつきにくいもんね。それに……オレは飛び級だから少し小さいし。だって年下だもの、これから伸びるんだよ。

「そうなんだ……そんなに女の子っぽいかな？　早く背が伸びないかな！」

「身長の問題かなぁ……」

もう捕まるまいと、オレたちはそそくさと男湯に駆け込んだ。

「うおー寒いっ！　なんでこんな寒いんだよっ！」

だって助けてくれなかったんだもの。ささやかな冷風をお返しに送ると、アレックスさんは全身に鳥肌を立て、あっという間に脱衣して風呂場へ突入していった。オレとラキも見よう見まねで腰にタオルを巻くと、あとを追った。

もうもうと湯気の立つ浴場は思ったより広くて、十数人ぐらいは余裕で入れそうだ。やっぱりシャワーなんてものはなかったけど、手桶《ておけ》みたいなものと椅子はあった。

「うわ～お風呂だ～、気持ちいい～！　寮に入ってよかった～」

嬉しそうなラキに、そういえば貴族ぐらいしか、お風呂なんて家にないんだったと思い出した。上気したつやつやほっぺとにこにこ笑顔が眩《まぶ》しい。

ティアとラピス用にお湯をはった桶を浮かべると、オレも浴槽の縁《へり》に頭を載《の》せて脱力した。

「寮ってどんなところかちょっと心配だったけど、素敵なところだね！　明日からも大丈夫そう」

「そうだね～、僕、怖い人と部屋が一緒になっちゃったらどうしようかと思ったよ～！」

くすくす笑って伸びをすると、２匹の入った桶がくるくると回った。

◆◇◆◇◆

「ユータ、ラキ、もう時間だぞ」

重いまぶたを上げると、年長の２人はすっかり身支度《みじたく》を調《ととの》えていた。テンチョーさんは仕事してくる、とギルドへ向かったので、オレたちはきらきらと羨望《せんぼう》の眼差しを送った。

今日は初授業だ。迷子になるからってアレックスさんが教室まで送ってくれて、バイバイしたら投げキスとウインクをもらった。頬を染めて見つめる女生徒がいるのを見るに、カッコイイのかもしれないけど……ああはならなくてもいいかな。

「はいはーい！　記念すべき第1回目の授業！　もちろんメリーメリー先生が担当しますよ！　ということは必然的に魔法の授業になりまーす！」

今日も元気なメリーメリー先生。魔法の授業だって！　魔法の授業は、最初は座学、午後から実技があるそうだ。やっと魔法のことが勉強できると思うと、オレはもう嬉しくて、外にいる隠密《おんみつ》さんに投げキスとウインクを送りたいぐらいだ。ところで隠密さん、昨日はいなかったのに。心配されているのかな？　今日の夜にでも頃合いを見て帰ろうか……。

「さーて、みんなの中で魔法使い向きの子はいるかなー？　試験の時に魔力紙審査があったでしょ？　紙の色の変化で魔力量が分かる優れもの！　今からその結果を配りまーす！」

魔力紙審査……もしかしてあの紙を咥《くわ》えたヤツかな？　あれ魔力の審査だったんだ。オレの紙は緑色に変わっていたけど、判定ではどうなのかな？

「ねえねえ、あの紙はどうやって魔力はかってたの？」

「知らねえの？　あれは唾液《だえき》に含まれる魔力に反応して色が変わるんだぜ！　端っこからちょっとずつ変わっていくから、どのあたりまで変化したかで分かる……んだったと思う」

タクトはちょっぴり尻すぼみになりながら教えてくれた。うん？　オレの紙、ただの緑だったけど……。ちょうど呼ばれて審査結果を取りに行くと、先生に握手を求められた。

「ユータくんっ！　君すごいね！　多分先生と同じくらい魔力量が多いんだよ！　先生、魔法しか取り柄のない森人なのにー！　ユータくんに魔法適性があったら一緒に頑張ろうねっ！」

元気な声で宣言されて、クラス中がオレを見る。先生……オレの個人情報を……。残念ながらこの世界にプライバシーって言葉はないみたいだ……。

どうやらオレの魔力量はAランクだそう。魔力紙の反応が完了して均一な緑になるのが、最高ランクのA判定なんだって。細かい結果が出ないのは幸いかもしれない。魔力量100以上でAランクとすれば、101でも1000でもAだからね！

「ユータすげー！　お前そんなに才能あったんだ！　俺とパーティ組もうぜ！」

「うん！　オレでもよかったら！　でも魔力があっても使えるかどうかは別だと思うよ？　あとね、ラキも一緒に行こうって言ってるの！」

「そんだけ魔力があったら何かしら役に立つって！　適性がなくても生活魔法ぐらいなら使えるもんだ。えーと、ラキってお前の同室？　いいよ！　一緒に行こうぜ！」

「ほんと？　やった！」

うわあ、もうパーティができちゃった！　つい弾《はず》む声に、先生が声を張り上げた。

「はいはい静かにねー！　他にも何人か魔法使いの才能がある子がいたねっ！　でも魔力の性質によって、魔法使い向きなのか、魔力を扱う他の職業向きなのか、この審査では分かりませーん、各自探していきましょうね～！　あと、魔法使い向きじゃなかったり魔法使いになりたくない人も、ちゃーんと授業を聞いてね！　悪者に魔法使いがいたら、対策を考えないとダメなんだからね！」

そっか、それぞれの職業がどういうものか知るためにも、1年生は広く浅く授業を受けるんだね。オレは感心しながら、魔法とはなんぞやから始まった授業に聞き耳を立てた。

「魔法使いって大変だなー！　これ全部覚えなきゃいけないんだ」

休憩時間に入り、タクトは興味なさげにペラペラとページを捲《めく》った。その顔には、心底「剣士志望でよかった」と書いてある。「鈍器のようなもの」になり得る分厚い教科書にはたくさんの呪文が書かれており、一般に使われる魔法を大体網羅してあるそうだ。どうして呪文を唱えないといけないのかイマイチ分からないけれど、カッコイイからね。

「タクトは剣が得意なの～？」

「おう！　だからラキが加工師になったら、俺の剣加工してくれよ！」

「いいよ！　その代わり素材は採《と》ってきてね～！」

タクトとラキも気が合いそうでよかった。加工師ってあまりよく知らないんだけど、オレが石を磨《みが》いたみたいに、素材そのものを加工して装飾品にしたり、素材と武器などを組み合わせてよりよいものに加工する人らしい。鍛冶士と一緒の工房で働くことも多いんだって！

「ねえ、午後の授業まで結構時間があるけど、もうお昼にするの？」

オレの机に集合した2人を見上げると、タクトがずいっと身を乗り出した。

「昼飯も行くけどさ、まだ時間あるし、探検しに行かねえ？」

「「行く〜！」」

一も二もなく大賛成！　オレたちは声を揃えて飛び上がった。

教室の場所だけは忘れないように、３人でしっかり確認したら、きゅっと手を繋いで駆け出した。真ん中になったオレは、時々足が浮いてきゃっきゃと笑った。

「うーん、広いな」

「お部屋ばっかりだね〜」

広い広い校内は、探検すべき場所が多すぎる！　開かない扉はあちこちにあるし、謎の傷痕《きずあと》や不気味（？）な絵なんかもたくさんだ。開校当初の教師陣が描かれた、写実的な絵画もあって、その古い絵の中に校長先生とメリーメリー先生がいたのが一番のミステリーだったかもしれない……。歴史や物語を感じるものがたくさんあってドキドキしたけれど、扉の開く部屋にはめぼしいものなんてあるはずもなく、２人はちょっとガッカリしているようだ。

――ユータ。

（うん。……魔物？　ねえラピス、何やってるんだろう？）

前方の曲がり角に、魔物がいる……。ビックリしたけど、従魔術士は従魔を連れ歩くらしいから、その類《たぐ》いかな？　そばには３人の生徒らしき反応があるから、間違いないだろう。

――ちょっと見てくるの！

しゅっと先行したラピスから、現場の音声が届いた。

『ほら行けっ！　行けって！　この馬鹿！』

『なんだこいつ……どうしたんだよ』

『もういいじゃねえか、魔物使わなくたってよ』

小声のやりとりは、なんだかチンピラみたいな口調だ。一応魔物だし、急に出てきたらビックリするだろうと、オレは先に立って曲がり角に行くと、ひょいと覗き込んで声をかけた。

「こんにちは！　それ従魔？」

「ギャウン!?」

「「「ひっ!?」」」

飛び上がった３人と魔物に、オレの方もビクッとなった。何もそんなに驚かなくても……ひっくり返っているのは4年生ぐらいだろうか？　3人の男子生徒と、毛のない犬っぽい魔物だ。

「ご、ごめんね、そんなにビックリすると思わなかったの」

「あっ、ちょっ……ユータ！」

それにしても、その従魔は怯えすぎじゃないかな？　しっぽを股に巻き込んで、恐らくマスターであろう生徒の後ろに回っている。それでいいのか従魔！

「お、お前！　なんで……分かっ……」

目を白黒させて話そうとするのを小突いて、大柄な子が、ずいっとオレの前に立った。

「てめえ、従魔をこんなに怯えさせて、使い物にならなくなったらどうするつもりだ？」

なんだか荒くれみたいな物言いで腕組みしているけれど、所詮《しょせん》10歳……随分肩肘《かたひじ》を張って格好つけているように見える。分かる、分かるとも、背伸びしたいお年頃……ワルにも憧れちゃう時期だよね。少し生ぬるい視線になりつつ、にこっと微笑んだ。

「怖がってるみたいだから、やさしくしてあげるといいよ？」

怯えてるなら、安心するまでそばで落ち着かせてあげたらいいんだよ。ご主人がしないとダメかもしれないけど……。しゃがみ込むと、小さな手で怯える体をそっと撫《な》でた。ますます震え出す体にすこーし魔力を流して、そっとマッサージする。

「あっ、お前っ！　俺の従魔に何してやがる！」

「あれ？　あいつ普通に触ってるじゃん、俺噛《か》まれたのに……」

「怖がってるから落ち着かせてあげてるんだよ。ほら、もう震えてないよ、大丈夫」

魔物は、どことなく恐縮した上目遣《うわめづか》いで、ちろりとオレの手を舐《な》めた。『いや申し訳ねッス、自分、もうだいじょぶなんで……』、そんな台詞《せりふ》をあてがいたくなる雰囲気だ。マスターの少年は間抜けな声を上げると、次いで真っ赤な顔をした。

「このクソ犬！　さっさと行け！　ひと噛みぐらいしてこい！」

ひどい！　魔物を蹴飛ばしてけしかけようとする少年を、思わず睨みつけた。ただ、肝心《かんじん》の魔物は、チラチラとマスターを見ておざなりに唸ってはみせるものの、戦意はゼロだ。

——ユータに噛みつくって言ったの？

あ……ラピスが怒った。

「ギャイーン！」

ラピスの怒りを感じたのか、魔物は断末魔のような悲鳴を上げ、瞬く間に遠くまで逃げていった。そっか、ずっとラピスが怖かったんだね……ごめんね、気配に敏感な魔物だったのかな。

「…………え？」

マスターの少年が、オレと逃げた魔物を交互に見て混乱している。

「て、てめえ、何しやがった！」

「何もしてないよ？　多分、まだ……」

今回は何もしてない、よね？　それにラピスだって「まだ」何もしてな……

バチィ！

オレの方へ手を伸ばした少年が、目の前でぱたりと倒れた。

あ……ああ～！　どうしよう！　ラピス、メッ！　バチッてするの禁止！

――えー、だってユータの服を掴もうとしたの。

そのくらいでバチッとされちゃ、たまらないよ。ひとまず少年に駆け寄って揺すってみた。

「……ど、どど、どうしたの？　そ、そうだ、オレ回復まほっ……回復薬持ってるから！」

揺さぶっても起きない少年に、迫真の演技で声をかけると、小瓶に入れた水をぶっかけて回復魔法をかける。ラピスも一応加減したらしく、気絶しているだけだから大丈夫かな。

「……あれ？　俺なんで……？」

きょとんとして起き上がった少年に、満面の笑みを向けた。大丈夫、君は悪い夢を見ただけ……きっとそう。何もかもこの春の陽が見せた幻……忘れておしまいなさい。

「ふざけた真似しやがって！」

笑って誤魔化《ごまか》そうとしていたら、呆然《ぼうぜん》と事の成り行きを見ていた残りの少年2人が、いかにも悪者の台詞で殴《なぐ》りかかってきた。

「ユータっ！　……だいじょう……ぶだな、うん……。じゃあもうちょっと頑張っててくれ」

タクトが慌てて駆け寄ろうとして、スッと離れた。少年たちの拳や蹴りはどうにも微笑ましくて、オレはすいすいと避けながら、まるで孫を見るおじいさんのような気分だ。

「もうちょっと頑張ってだって！」

オレは息を切らした少年たちに、タクトからの声援を伝えて微笑んだ。


「ユータ！　無事……だな」

「遅くなってごめんね～！」

もうちょっと、もうちょっとだよ、と少年たちを励ましていると、テンチョーさんとラキが走ってきた。

「テンチョーさん！　どうしたの？」

「どうしたってお前…………これ、どうしたんだ？」

少年たちは駆けつけたテンチョーを見て、へたり込んでしまった。

「おつかれさま！　がんばったね！」

「うっ……うわーーん！」

にこっと笑って回復薬の瓶《びん》を渡すと、少年たちは突然泣き出してしまった。

「ど、どうしたの……⁉」

慌てるオレに、じっとりした視線を向けたタクトが一言。

「鬼……」

ど、どうして⁉　狼狽《うろた》えるオレと不思議そうな顔のラキ。そしてどことなく察した顔のテンチョーさん。大泣きする少年たちは、今までで一番年相応に見えた。

「……で？　絡もうと曲がり角で潜んでいたところを驚かせて、従魔を怯えさせて、一瞬で1人ぶちのめして、殴りかかってきたのを煽《あお》って、泣くまで続けさせたと？」

「…………」

……それ、オレがすごく悪いことしたみたいじゃない？　そういえば、最初はチンピラみたいな言いがかりだったんだっけ。途中から様子が変わっていたかもしれないけど……。

「そう！　コイツ、屁《へ》でもない感じだったから、ちょっとこの人たちが気の毒だったかも」

「焦ってテンチョーさんを呼びにいくことなかったね～」

年上の子どもの動きはどんなものかな、とか考えて試したオレも、少しは悪かったのかもしれない。でも、まさか本当にオレを殴ろうとしているとは思わなかったから……。

「ご、ごめんね、オレ、本気だって気付かなかったの」

動きはゆっくりだし、じゃれ合いの範囲かと思ってたんだよ。なだめようと思ったのに、なおさら泣き出す3人に、オレがいると逆効果だと言われてしまった。

オレはちょっとふて腐れてその場を離れると、膝《ひざ》を抱えて座った。

――ユータは悪くないの！　あいつらが悪者なの！

膝に顎《あご》を載せて頬を膨らませていたら、小さなお手々でほっぺをてんてんとしてラピスが慰めてくれた。

「ありがとう。でもラピス、バチッってするのはダメだよ？　学校の中にいるのは学生と先生だからね、攻撃したらダメなんだよ」

――でもあっちが攻撃してきたの。

「うーん、確かにそれは悪いことなんだけど、相手は子どもでしょう？　やり返したらオレの方が悪者になっちゃうよ？　敵わない相手の時だけ助けてね」

――ラピスは、ユータの方がちっちゃいと思うの。ユータの方が悪くはならないの。

う……それは確かに。

「ユータ！」

ふっと視界が陰《かげ》って、オレを覗き込んだのはタクトとラキ。

「ユータ元気出して～！　ユータすごいよ！」

「そうだぜ！　あいつら、1年生を狙って魔物けしかけてる奴らだぜ！　いい気味だよ！」

そうなのか！　1年生に絡もうとする上級生ってやっぱりいるんだな。自分より弱い者を狙うなんて！　よーし、今度からはちゃんと確認して、もし悪さをしようとしているなら、ちょっとばかりイジワルしてもいいかもしれない。

「おい……あまりそういうことを言うんじゃない。ユータが何か企んでるじゃないか……」

「企んでないよ！　今度からはちゃんと確認してからにしようって思っただけ！」

3人がすごくジトっとした目でオレを見た。

「お前、なんて確認するつもりだったんだ……」

「普通に……『これってオレに絡んでるの？　ただの遊び？』って」

はぁーー……。

揃って深いため息を吐いた3人に、懇々《こんこん》と諭《さと》されてしまった。主に男のプライドについて。

いやいや、オレだって男なんだから、それぐらい分かるんだけど！

「お・ま・え・は！　分かってない！」

テンチョーさんが、ぐいんとオレの両頬を引っ張った。

「……まあ、今回は相手がユータだったからよかっただけで、これまでも被害に遭った生徒がいることを思えば、お前を叱ることはできないけどな。あいつらのことはちゃんと先生に報告しておく」

じゃあこんなにほっぺを引っ張らなくてもいいのに……オレは涙目で両頬をさすった。

「ちびっ子たち、昨日ぶりッス！」

とんだトラブルがあった休み時間のあと、午後の授業はマッシュ先生の体術指南からだった。

いわゆる体育の授業だろうか？　マッシュ先生はそれほど筋肉質！　という感じではなかったのでちょっとガッカ……意外に思った。だって体術といったら、でっかくてスキンヘッドで色が黒くて、腕なんかオレの腰より太い、真っ白な歯でニッ！　って人を想像するでしょう？

「冒険者は体が基本ッス。魔法使いでもなんでも、基本くらいはできないと苦労するッス」

マッシュ先生は一方的に落胆されていることも知らず、のほほんと授業を進めていった。まずは体術の基本である受け身などの練習からだそうだ。でもオレ、マリーさんたちから習ってるから……。マッシュ先生には申し訳ないけど、ちょっぴり退屈な授業を終えたら、次はお楽しみの魔法実技の時間だ！

「さあさあ！　お待ちかねーっ！　メリーメリー先生の魔法実技が始まりますよ！」

青空教室としか言いようのない屋外の教室で、賑やかに魔法実技の授業が始まった。

「じゃあさっそく、朝の授業でやったことを実践してみよう！　ここなら多少失敗しても、壁も天井もないので大丈夫！　お隣同士離れて座ってね！　3ページ開いてー！」

天井や壁に被害が及んだりするの……？　離れて座らないといけないほど失敗するの……？

先生は、ざわつく生徒に気付くことなく授業を進めていった。

今日お試しをするのは、明かりの魔法。その呪文について先生が細かく説明している間、なんと全員に指揮棒みたいな簡素な杖が配られた。うわあ！　魔法の杖、本物だよ!?　ウキウキが止まらないオレは、杖を構えたりさすったり眺めたり、にこにこの大忙しだ。

「はいっ、みんなできそうかなー？　じゃあまずは……やってみようか！」

先生はなかなかスパルタだ。魔法ってそんなちょっと説明しただけでみんな使えるのかな？

「ライト」の魔法は、妖精魔法でやっているのでできると思うけど……外の魔素《まそ》じゃなく、自分の魔力だけを使うのは初めてだ。以前マリーさんに脅《おど》されたし、先生が怖いことを言うし、失敗したらと思うとやっぱり怖い。舐めてかからず何事も真剣にしなくては。オレは杖を置くと、手のひらに集中する。妖精魔法の時も、体内魔力を使って外の魔素《まそ》を集めているわけで……体内魔力だけを使うなら1段階省略していいってことだ。そう思うと気が楽になった。

「ライト！」

普段通りにイメージのスイッチを入れて、ぽうっと手のひらの上に光球《こうきゅう》を出現させる。よかった……全然問題ないみたい、むしろ発動が早くなるから便利かもしれないね。

「……ユータ～？」

ラキの声に視線をやると、見事ラキも魔法を成功させていた。

「わあ！　ラキも魔法使えるんだね！　やったね！」

「うん、ありがとう～！　でもね、ユータ……杖は？」

「ここにあるよ？」

ラキの微妙な視線に改めて周囲を見ると、みんなは杖を持って、その先端に光球を発動させている。……ふむ、そりゃそうだ、なんのための杖か。

「うわ～みんなちゃんとがんばって優秀！　えらい！　もう発動できた子もいるね！　先生見に行っちゃおう」

マズい！　オレは咄嗟《とっさ》に杖を光球にぶっ刺してすました顔をした。

「…………」

隣から感じるラキの視線が痛いけど、大丈夫、他の人にはバレてない。

「うんうんっ！　ユータくんとラキくんは魔法使いの素質ありありだね！　やったね！」

先生も誤魔化せたみたいでホッと肩の力を抜いた。関係ないところで緊張しちゃった……。

「今発動できなくてもぜーんぜん問題ないからね！　これはお試しだから！　先生が教えてあげるからね！　はい、ライトの魔法はこんな風に杖に明かりを出現させて、暗い場所の探索に使いますー！　でも、もっと熟練度を上げていくと、こんな風に……」

　杖の明かりがふわっと離れて宙を漂った。おおっとどよめく生徒に、先生は嬉しそうだ。

「杖から離してコントロールできるようになります！　こうすると杖が空くので、魔力に余裕があれば他の魔法を使うことができます！」

　スゲー！　なんて感心する声が聞こえる中で、杖ってなんのために使うの？　と聞くこともできず、魔法を使う時は杖を忘れないようにすること、と心のメモにしっかりと書き記した。


「ねえ、ユータ～？　どういうこと～？」

「な、何が？」

　オレは教室でラキに詰め寄られて、冷や汗を掻《か》いていた。

「ユータ、また何かしたのか？」

　あの時はタクトも隣にいたんだけど、どうやら気付かなかったようだ。

「タクト聞いて～！　ユータね、魔法使う時、呪文唱えてなかったんだよ～！　それに杖も持ってなかったのに魔法が発動してたんだ～！」

「はあ？　どういうこと？」

　ハッ……そういえば呪文なんて唱えてなかった。そんなところも気付かれていたなんて、ラキは侮《あなど》れない。一応バレないよう気を使ってくれているらしく、ひそひそと顔を寄せ合った。

「ちょ、ちょっと忘れちゃって……」

「呪文忘れたら発動しないよ～！　杖がなくても発動しないよ！」

そうなのか……ヒトの魔法には杖と呪文が必須なんだろうか？

「そうなの……？　でもオレ、発動するよ？」

「どうして～？」

「え～どうしてかな……？　国が違うから、とか……？」

「ユータは異国の生まれだもんね～。よその国ではそうだったりするのかな～？」

むしろどうしてみんなが呪文を唱えるのか、教えて欲しいぐらいだ。杖なんて本当になんのためにあるのか分からない。格好いいから？　とりあえず異国の地では使わないこともあるんだと、誤魔化しておけばなんとかなりそうだ。何も嘘《うそ》は言ってないもんね！

2章　武器屋のうるさい短剣

――おーけー、おーるくりあ！　なの。

（ラジャ！　ラピス、ゴー！　ウリス、現場の確保！）

（きゅ！）

みんなが寝静まった頃、オレは活動を開始する。これは極秘任務、失敗は許されない！

お布団の中が、一瞬光に包まれた。

「……よし！　第1段階、完了！　ウリス、ラキたちはどう？」

――標的はまだゆめの中！　って言ってるの！

よし、若干間違ってるけど、ヨシ！　とりあえず学校からの脱出成功だ。フェアリーサークルで一瞬にして真っ暗な部屋に転移して、ふう、と一息吐いた。

ダダダダダダ！

階段を駆け上がった足音に続き、バンっと開かれた扉にビクッとした。

「ユーータ様ー！」

光を背に浮かび上がるシルエット……どうして帰ってきたら分かっちゃうんだろう。一足飛びに目の前まで来た影は、オレの体をぎゅうっと柔らかく包み込んだ。

「マリーさん、ただいまー！」

「お、おかえりなさいませ……！」

マリーさん、まだ数日しか離れてないよ……オレはぎゅうぎゅうと締められながら苦笑した。

「ユータか？　おう、おかえり！　もうホームシックになったか？」

言いながら現れたカロルス様は、顔いっぱいで笑っていた。

「カロルス様、ただいま。ホームシックになってないよ！　隠密さんが来てたから、一度帰った方がいいのかなって」

「……かわいそうなヤツ……。みんな心配してたからな、様子を見に行ってもらったが……それならアリスに言って、こっちにも顔を出せって伝えたらよかったな」

「うん、アリスに言って！　人目があるから、すぐには戻ってこられないと思うけど」

促されるまま、マリーさんに抱っこされて1階の部屋まで下りてきた。ちょっぴりの夜更《よふ》かしぐらい、許してもらえるかな？　テンチョーさんが起こしてくれるだろうし！　次々集まってくるセデス兄さんやエリーシャ様を見て、自然と頬が綻《ほころ》んだ。

「……いない？　どこ行った⁉　あの野郎、どこに消えやがった⁉」

狼狽える隠密さんのことなんてつゆ知らず、オレは久々のおうちを楽しんでいた。

「――それでね、タクトとラキと一緒に冒険しようねって約束したんだよ！」

「ほう、もう仲のいいヤツができたのか。部屋のヤツも問題ないか？」

「うん！　同じ1年生はラキだし、テンチョーさんはすごく頼りになる人で、アレックスさんは……優しいから！」

「ユータちゃんはのほほんとしてるから、いじめられたりするんじゃないかって、とっても心配してたのよ！」

「うーん、ユータをいじめるのは難しいと思うけどねぇ」

あったかい紅茶を飲みながら、学校での出来事を次々とお話しする。話したいことがいっぱいあるんだ！　たっぷりと紅茶の香りを含んだ湯気が、オレの鼻腔《びくう》を優しくくすぐった。

「あ、そうだ！　魔法ってね、杖を使わないとだめなの？　執事さんも使ってなかったから、使わなくてもいいと思ってたんだけど……」

「普通は使いますよ。普通に見かける魔法使いで、杖を使わない者はまずいないでしょうね。魔法使いから杖を取り上げれば、何もできやしない、なんて信じられているぐらいですから」

「そうなんだ！　不便だね……じゃあどうして執事さんは使わないの？」

「ふふ、私はこれでも上位の魔法使いなので。杖がないと役立たずでは困りますからね、これもまた無詠唱と同じく、訓練でしょう」

「そっか！　執事さんすごい！　杖って魔法を発動しやすくするものなの？」

「その通りです。魔法の補助でしかないのですけど、それに頼りすぎると杖なしでは全く発動できなくなりますね。そもそも杖なしでは魔法を使えない人も多いのですが。私も補助の指輪はつけておりますが、なくても発動は可能です」

そうなのか……。でも、それなら学校でも、もっと杖なしで発動させる練習を教えたらいいのに、って思ったけれど、そうすると魔法使いの数が激減してしまうそう。それにしたって杖がないと魔法を使えないのは不便だ。ただ、それは杖なしでも魔法を使えるからこそ考えることみたいで、本来、魔法使いの杖は剣士の剣と同じ感覚なんだって。それがなければって思い込みも強そうだし、ラキたちには杖なしでも大丈夫って教えてあげよう。

バタン！

「おいっ！　あの野郎が見当たらな……」

突然部屋に飛び込んできた細身の男性は、カロルス様の膝に座るオレを見て崩れ落ちた。

「こ、この野郎……」

恨めしげに見やる男性は、多分隠密さん。浅黒い肌にクリーム色の髪、紫色のちょっと変わったキツイ瞳……間近で見たのは初めてだ。

「あ、隠密さん、こんばんは！」

「こいつ……」

「ま、まあまあ！　ユータに悪気はないからよ！」

「隠密が下手っぴなんだから仕方ないじゃない！　ねー！」

カロルス様が立ち上がった隙に、エリーシャ様がオレを膝に乗せて嬉しそうに言う。

「隠密さんへたっぴじゃないよ、上手だったよ？」

「ユータ……それをユータが言っちゃダメだよ……」

隠密さんは苦笑するセデス兄さんとオレを睨んで、どかっと椅子に腰掛けた。

「てめえ、どうやって学校抜け出してきやがった！」

「フェアリーサークルだよ！　隠密さんは転移ができるんでしょう？　オレにも教えて！」

カロルス様が頷《うなず》いたので、隠さなくていい人だと判断して素直に話した。そもそも戻ってきてるのバレてるし、以前から色々見られちゃってるもんね。

「……なんで転移のことを知ってる」

「なんでって……一瞬で別の場所に移動するから、転移だと思ったんだけど……」

どうやら秘密の技術だったらしい。隠密さんの怖い目に、首をすくめて小さくなった。

「ちょっと！　ユータちゃんに当たらないでちょうだい！」

エリーシャ様がぎゅっとオレを抱き込んで睨むと、隠密さんがサッと視線を逸《そ》らせた。

「フン、もう報告はいらんな！　じゃーな！　もう俺は行かんからな！」

「あっ、おい！　あとで戻ってこいよ！」

一瞬で窓のそばまで行った隠密さんは振り返ると、またフッと姿を消した。あれが、転移……！　隠密さんは短距離の転移しかできないようで、気配が飛び飛びに離れていく。教えてはもらえなかったけど、見ることはできた。難しそうだけど、また練習してみよう。

「――ユータ、そろそろ寝た方がいいんじゃない？　目が半分になってるよ？」

温かくて柔らかいエリーシャ様の腕の中、うとうとするのを必死に堪《こら》えていたのがバレたらしい。明日授業で寝ちゃってもいけないもんね……。

「うん……おやすみ。またね……」

一通りハグをもらって、夢の世界に片足を突っ込みながらお布団の中に戻ってきた。すっかり冷えたお布団に、少し体を縮めながら、オレはことんと眠りに落ちたのだった。

◆◇◆◇◆

「ユータ、今日は眠そうだね～」

やっぱり夜更かしはいけない。ぽかぽか陽気に、うとうとしかかるのを目ざとく見つけられた。特にツィーツィー先生の授業がダメだった。ツィーツィー先生は貴族学や歴史など学問的なこと一般を担当している、ちょっと偉そうで賢そうな先生だ。ある意味、地球での授業に一番近い内容で……確かに貴族学とか知らないことは多いんだけど、マナーとか決まり事とか……何が言いたいかって、つまりとても眠気を誘われるってこと！

がくんと下がりそうな頭を必死に支えつつ、眠さを誤魔化すために魔法の研究をしようと思いついた。

今後冒険者になったら必要になることってなんだろう？　真っ先に美味《おい》しい食事とふわふわお布団が浮かんだけど、そこはたぶん二の次だ。森を歩いていた時、必要だったのはなんだろう？　お洗濯？　いやいや、それも三の次もしくは五の次ぐらいだ。一番手に入れる必要があったのは索敵《さくてき》。これは今後も磨いていくとして……。ぼんやりと聞くともなしに聞いていた先生の声が耳に入った。

「――このように、詳細な地図が流出すると国の危機となるからして、厳重な保護のもと――」

地図!?　それだ！　ウトウトするオレを心配気にちらちら見ていたラキが、突然がばっと顔を上げたオレにビクッとした。そう、地図だ！　校内ですら迷いそうなんだから、冒険に出たら迷子になる。ぜったい！　森にいた時はただただ人の多いところを目指して歩けばよかったけど、冒険に出たらそうはいかないだろう。

車のナビゲーションシステムとまではいかなくとも、せめて来た道ぐらい分かるようにならないかな？　真っ先にナビが浮かんだのは、広範囲のレーダー魔法でイメージしているのがナビだから。渋滞情報の代わりに魔物情報をお知らせしてくれるナビ。周囲のざっくりした地形とか合わせられたら便利なのにな。

（ねえラピス、周囲の地形とか目で見ないで知る魔法ってないの？）

——地形？　魔法は分からないの。でも、地形は分かるの。ユータは分からないの？

（えっ？　普通分かるの⁉）

——だって、分からなかったら目をつむった時とか、高速で移動する時に困るの。速く動く魔物とかもきっと分かってるの。

（そ、そうなんだ……結構当たり前にできることなんだ……）

——ユータもきっとできるの。それにユータはいい目があるから、もっと詳しく分かると思うの。

いい目？　もしかして魔力視ができることかな？　でもそれも、目で大体見えないと使えないんじゃ……。

——本当に目で見てるの？　レーダーの魔法だって、見てないけど見えてるの。

言われて初めて気付いた。もしかして使っているのは視覚ではない？　だって、魔力を「感じる」って、いつも思っているから。試しに瞳を閉じて肩のティアとラピスを感じる。初めはうすぼんやりとした感覚が、しだいにはっきりと感じられる。でも、生き物の魔力はレーダーで慣れているから捉えられるけれど、地形なんて分からない。

――魔素を感じるといいの。空間には空間の魔素、石には石の魔素があるの。

魔素…………魔素は感じるけど……それが何かって言われると分からない。うーんと首を捻っていると、突然目の前の魔素を乱しながら掻き分けて、別の魔素がオレの頭に向かってきた。思わず避《よ》けて目を開けると、コツッと後ろで音がした。

「いてっ！」

振り返ると、額をさする後ろの席のパーシー。

「なんでぼくが……ユータが避けるからだよ！」

ぷりぷりと怒っているその手には、チョークみたいなもの。

「ユータくん、眠っていないならどうして目を閉じているのかね？　5ページを読みなさい」

しまった、授業中だった。慌てて立ち上がると、指定のページを音読した。

「……よろしい。きちんと文学を嗜《たしな》んでいるようだね、よいことだ」

少し機嫌のよくなった先生が再び前を向いたので、ホッとして着席した。

「もう、ユータ、どうしてあの先生の時に寝ちゃうの！　ヒヤヒヤしたんだから～！」

「でも寝てなかったんだろ？　避けてたじゃん。それに、お前スゲー難しいの読めるんだな！　何言ってるか全然分かんなかったぞ！」

授業のあと、クラスの子たちに言われた。確かに小難しい言い回しの多い文章だと思った！　そうか、それで先生怒らなかったのか。本は読んでおくものだね、よかったよかった。それに、よかったことがもうひとつ。

「ラピス、オレ、分かったかも」

先生のお陰で、コツを掴めたかもしれない。

学校の授業は相変わらず面白いけど、悪目立ちするまいと一生懸命なので、案外大変だ。でも、お陰でもうおかしなことはしていないと思う。それに、コツを掴んでからというもの、頭の中の地図をきちんと描く練習に明け暮れているので、退屈な授業も気にならない。

体術の授業でも地図魔法に気を取られていたら、うっかり木刀で受けなきゃいけない攻撃を全部流してしまったりしたけど、大したことじゃない。ランニングしている時にも地図に夢中になって、いつの間にか前を走る先生のスピードが上がって後ろに誰もいなくなっていたりしたけど、そう、大したことじゃ……そうだね、実技の授業中はやめておこう……。

魔法の授業でも、当然のように杖を使っている。最初の頃はできるかどうか不安だったけど、さすが発動しやすくするための杖！　問題なく使うことができた。でも、杖があるとコントロールがしにくいと思ったのはオレだけだろうか。オレは実戦で杖を使わないだろうな。ちなみに、メリーメリー先生が最初の授業でいきなり明かりの魔法をやらせたのは、教えなくてもできる生徒をふるい分けるためだったみたいだ。徐々に魔法使い向きの班とそうでない班、可能性のある班に分かれて授業をするようになった。座学はずっと一緒にやるけれど、魔法使い向きでない子がいつまでも実技練習をするのは時間が勿体《もったい》ないので、希望があれば他の授業を受けられるようになるらしい。

ただ、オレが悪目立ちしないよう頑張ってもどうにもならないこともあった。薬学の授業中に、たくさんの雑草と薬草を混ぜて、薬草の見分け方、なんてやったものだから……。

「ピッ！　ピピ！」

できる！　やってあげる！　ってティアが張り切るもんで、それを抑えるのが大変だったんだ。薬学と魔物・魔法生物の授業は、１組のメメルー先生が担当なのだけど、やっぱり生き物が好きなのか、目をきらきらさせてずーっとこちらを見ているので、やりにくいったら……。

「なあなあ、今日は外行ってみねえ？　買い物もあるだろ？」

タクトの弾んだ声に、オレもそわそわしてくる。だって、今度冒険者養成授業で、初めての遠足……じゃなくって実地訓練があるんだよ！　冒険者養成の授業は実地訓練がメインで、冒険者になりたい人のためのものだから、貴族には大変不人気な授業だ。ただ、貴族でも技術者でもない人は、とりあえず定職を見つけるまでは冒険者で食い繋ぐ、という場合が多いご時世なので、需要が多くて1年生でもかなりの時間が割かれている。なんせ命にダイレクトに関わってくる項目だけに、学校側も力を入れているようだ。当然ながら1年生は必須授業の領域だけど、実地訓練だけは危険を伴うので希望者のみ、という形になっている。

明日にでも行きたい気分だけど、さすがにそうはいかない。各自の準備や授業の進行具合も考慮して、2週間後くらいだそう。両親の許可がいる人は手紙を出しておくんだって。

「なにが必要かな～？　保存食に、水筒に、丈夫な服でしょ、大きな袋もいるよね～？」

「武器だろ、武器！　魔物が来たらどうすんだ？」

「魔物が来たら先生が倒してくれるよ！　あんまり来ないって言ってたけどドキドキするね！」

3人で相談しながらぶらぶらと街を歩いた。日帰りなので、実は大した用意はいらないんだけど、あちこちのお店を覗いては、将来あれを買うとか、冒険者になったらみんなでテントを買おうとか、詰まるところ何も買ってないんだけど、夢が膨らんでとても楽しかった。

「お、武器屋！　武器屋行こうぜ！」

何の躊躇《ためら》いもなく飛び込んでいく、タクトってすごい。武器屋って少し敷居が高くて怖い雰囲気なのに。案の定、カウンターで剣を磨いていたのはスキンヘッドにヒゲの怖そうな男性。イメージにピッタリで、わくわくした。男性はちらりとこちらを見たけれど、何も言わずに作業を続けている。出てけとは言われなかったのでホッとした。

「うわー！　スゲー！　剣がいっぱい！　あれカッコイイ！　あんなの使いたいな！」

タクトが指すのは、あろうことかタクトより大きい大剣《たいけん》だ。さすがに「欲しい」とは言わなかったけど、先は遠そうだね……。オレが欲しいのはナイフや短剣だから買えるかな？　もう1本欲しいんだけど。板張りの床をコトコト鳴らしながら、あっちこっちと見て回る。

「ユータはナイフ持ってたんじゃないの～？」

「うん、1本は持ってるんだけどね、オレは2本使うの。練習用しか持ってないから」

「2本も何に使うの～？　武器とお料理？」

あ、そう考えると3本いるね。でもお料理の時は包丁がいいな。

「ううん、二刀流を練習してるの！」

そう言うと、エアナイフ2本を構えて素振りしてみせる。

「わあ！　ユータかっこいい～！」

「スゲー！　さまになってるじゃん！　俺も剣で二刀流しようかな！」

二刀流は教えてくれる人がいないので結構自己流なんだけど、キースさんの動きを思い出しながら、コツコツ頑張ってるんだ！　陰の努力を褒《ほ》められてにこにこしてしまう。

「……ボウズ、誰に習った？」

突然、低い声で話しかけられて飛び上がった。振り返ると、カウンターの怖いおじさんがこちらをじっと見つめている。

「え、えっと……習ってはいないよ。見たことあるのはキースさん！」

「キースだと！　キースが人に教えられたのか？」

「キースさんを知ってるの？　馬車に乗ってる時にちょっぴり見せてもらったんだ！」

あれは教えてくれたって言えるのかどうか、微妙なラインだとは思うけど。

「それだけで……？　お前、冒険者になるのか？」

「うん！」

そう言うと、店主らしき怖い人は奥へ引っ込んだ。戻ってきたその手には、２本の短剣。

「ボウズ、お前を見込んで運試しだ。この短剣、どちらがいい？　金貨1枚で譲《ゆず》ってやるよ！ただし、片方の価値は銀貨1枚、もう片方は……どうだろうな、人によっちゃあ金貨何枚積んでも欲しがる価値がある」

「短剣が金貨1枚!?　こっちの棚の方が安いしカッコイイぞ！　このあたりのでいいじゃん！」

「ユータ……金貨なんて持ってる？　短剣1本に金貨だなんて……やめておいたら？」

払うことはできるけど、確かに短剣にかけるには勿体ない額だ……ブラシにはかけたけど。

「別に、いらねえなら無理には勧《すす》めねえよ。よく見りゃお前、ホントにガキだな。いい剣筋だとそればっかり見てたが……こりゃ人選を誤ったかもな」

オレの素振りを見て認めてくれたのか！　それは嬉しい。だったら運試しをしないで欲しいとも思うけど。店主さんはまじまじとオレを見て、ちょっとガッカリしたような顔をした。小さいからって諦《あきら》めないで!?　オレは改めて店主の持つ短剣を見つめた。どちらも見た目で特別な感じはない。ないけど……なぜか片方に目が引かれる。

「これ、持ってみてもいい？」

「おう」

店主のわずかな期待を込めた視線を感じながら、ナイフを受け取った瞬間、ぐんっと魔力が引っ張られた。思わず短剣を取り落としそうになって、慌てて両手で掴んで視線を上げると……。

『変なガキだな……なんつう魔力だ。具現化《ぐげんか》しちまった』

声のするそこには、ハンドボールほどの半透明で白いもやみたいなものがあった。……これはなんだろう？　どこか温かみを感じるその半透明のもや。魂ってこんな感じだろうか。

『俺様は短剣チュームライアスだ。ガキ、お前の名前は？』

もやが、偉そうに言った。チュームライ……オレの頭の中に瞬時に浮かぶ、腰に剣を差して腕を組んだ、偉そうなネズミ。ううん、これはチュー侍《ざむらい》。

『あっ？　お前っ！　ちょっと!?　やめっ……！』

途端《とたん》に焦り出す、チュー侍さん。一体どうしたと思う間もなく、半透明のもやがぎゅうっと凝縮《ぎょうしゅく》されて……ぽとりと何かが落ちてきた。

「えっ……チュー侍!?」

『誰がっ！　チュームライアスだ!!』

拳を振り上げて怒っているのは、15㎝くらいの大きなネズミ。プンスカする姿はとてもコミカルでかわいい。まるで中に小人が入っているのかと思うような人間くさい仕草だ。

『おのれ……なんでこんな姿に！　剣の方がマシ！　ずっとマシ！　戻して！』

ぺしぺしぺし！　と地団駄《じだんだ》を踏んで怒るネズミ。

「オレが？　どうやって？　その姿がチュー侍じゃないの？」

『ち・が・うっ！　お前が！　オレの精神体を！　勝手に具現化したんだっ！』

そうなのか！　そういえばオレの魔力は生命魔法の素質が強いから……半生命の妖精も強化しちゃったぐらいだし、そういうこともあるのかな？

「でも、チュー侍が勝手にオレの魔力を引っ張っていったでしょ？　オレ、やり方分からないよ！」

あの時ぐいっとオレの魔力を吸収したのは、チュー侍の方なんだから。

『うっ……ならば！　せめて！　もっとカッコイイ姿を想像しろ！　創造しろ！』

それは無理。目の前に現れたことで、もう完全にチュー侍のイメージは固まってしまった。

「あ……あの、さ。お前、普通に会話してるけど……それ………なに？」

恐る恐る問いかけてきたタクト。気付けば店主も目を剥《む》いて、ネズミを凝視《ぎょうし》している。

『フン！　聞いて驚け！　俺様はかの有名なランドン愛用の短剣、チュームライアスだ‼』

「へえ、すごいね、有名な武器ってしゃべるの？」

「しゃべるか！　ランドンは結構有名だけど、話す短剣なんて聞いたことないぞ？」

「うん、僕も知らない～！」

ネズミは腹の立つ顔でチッチッチと指を振ると、ぽすっとあぐらを掻いて（？）座った。

『フン、何も知らないガキめ。ランドンはな、実は少し生命魔法の才能があったのさ。でも短剣使いがそれを活用する機会なんてねえ。だからな、夜な夜な短剣に余った魔力を注いで話しかけてたんだ』

「……なんで？」

「そういえばランドンって結構変わった人で、ずっとソロを通したって……」

「ただの変人じゃねえか……」

ひそひそ話すオレたちに全く構わず、ネズミは1人（？）熱く語っている。

『長い月日が流れ、そしてついに！　俺様はかすかな精神体として目覚めたんだ！　そこからは来る日も来る日も魔物とランドンの魔力を吸って、精神体の維持・強化に努め！　短剣に宿る精神体として安定することに成功したんだ！』

座り込んでの長い物語が始まるかと思いきや、結構サクッと終わった。目をうるうるさせてガッツポーズするチュー侍だけど、それ、勝手に宿主の魔力と、剣で斬《き》った魔物の魔力を吸収して育ったんでしょ……ある意味魔物の一種……？　もしかして呪われた短剣なんじゃ……。

「これって討伐《とうばつ》した方がいいの？」

『待て待て待て！　なんでそうなる！　近頃のガキは恐ろしいこと言いやがる！　俺様はいわばランドンの短剣に宿った……そう、短剣の精！』

シャキーン！　……それって、精霊のポーズなの？　きらきらした目でこちらを見られても困る。

「そ、その……短剣チュームライアス殿、私はずっとあなたを管理していたから、ランドンさんの短剣であることを知っとりますが、言葉を発したことなど一度も……ランドンさんだって、そんなこと一言も言わんかったはずですが……」

やっと復活した店主が、ネズミ相手に丁寧に声をかけると、チュー侍はピタリと動きを止めた。

『だって……ランドンの奴、話しかけたら、うるさいって……黙ってろって。俺様頑張って、せっかく話せるようになったのに……。我慢して黙ってたら、年取ったし引退するって俺様を置いて行っちゃった……。俺様いい剣なのに……それで拗《す》ねてたら、だんだん魔力なくなって……俺様剣の中で眠ってた』

しょんぼりと項垂《うなだ》れたネズミからは哀愁《あいしゅう》が漂っていた。へちょりと垂れた耳とおヒゲがなんとも切ない。ランドンさん……もうちょっと構ってあげてよ！　かわいそうじゃないか！

「そ、そうなんですか……お気の毒に？」

店主も短剣相手に微妙な顔だ。そして、何か言いたげにじーっとオレを見つめた。

「かわいそうなネズミさんなんだね～」

ラキ、それはネズミじゃなくて短剣だよ？　どうしてオレを見つめるの？

「なんだよ……切ないじゃねえか……なあ、ユータ」

タクトまで、鼻をすすってオレを見る。

「毎度ありー！　ボウズ、末長くかわいがってやれよ！」

『オヤジィ！　怖い顔だけどいいヤツだったよ！　ありがとー！　ありがとーー！』

オレの頭の上で涙ながらに手を振るネズミ。目立つから！　ちょっとやめて!?　金貨1枚でうるさいネズミを買う羽目《はめ》になったオレは、少しむくれている。

「け、けどよ、ランドンの愛用した短剣には違いないんだから、さ！」

「そうそう、金貨1枚で手に入るものじゃないよ？　いい買い物だったよ～！」

2人が両サイドから慰めてくるけど、そう思うなら2人が買ってもよかったんだよ？

『まただまた照れちゃって～！　かの有名なランドンの短剣が手に入ったんだぞ！　もうちょっと嬉しそうにしていいぞ？　俺様を金貨1枚で入手した幸運ボーイめ！』

肩に下りてきたネズミが、肘でほっぺをうりうりする。大変に鬱陶《うっとう》しい。ごめん、ランドンさん……確かにこれはうるさいわ。

――ただいまー！　ユータ、エリスから聞いたの。変なの買ったって。

ぽんっと、ラピスがお出かけから帰ってきた。どうやらエリスが連絡したようだ。

『ひゃっ？　管狐《くだぎつね》？　従魔!?　主《あるじ》ぃ、どういうこと？　主は短剣使いのはずでしょぉ!?』

涙目でオレの耳をぐいぐいと引っ張るネズミ。

――これなに？　魔物なの？　やっつけるの？

どうやら精神体だと、ラピスの魔力をまともに感じるらしい。怯えたチュー侍が、悲鳴を上げて、ひゅっと…………短剣に吸い込まれた。

『あっ？』

……自分で戻れるんじゃないかー!!

――ユータはお人好しなの。短剣があれば、ネズミはいらないと思うの。

ラピスに事の次第を伝えると、厳しい意見が出される。短剣から顔だけ覗いたホラーな有様《ありさま》で、チュー侍がうるうると瞳を潤ませて訴えかけてくる。……うるさいけど、これも命の一種なんだろう。むやみに奪うものではないし、こうやって短剣の中にいればそう問題はない。

「まあ……これも縁だと思うことにするよ！」

ぴょんと飛び出してきてこくこくと激しく頷いたネズミが、ふと思い立ったように言った。

『主はまだガ……子どもだろ？　だったら俺様役に立つ！　だってずっとランドンのそばにいたから、冒険者のことも知ってるし、何より主に剣教えられるぜ！　俺様の使い方は俺様が一番よく知ってるぜ！』

「そうなの？　それは嬉しいな！　でもオレ、二刀流を教わりたいんだけど……」

『主ぃ、ランドン知らねえな？　ランドンは晩年、二刀流だったぞ？』

「えっ⁉　ホント！　それは嬉しぃー！　やった～！」

オレは思いがけないところで、二刀流の指導者を手に入れることができたようだ。頼れるかどうかは別として。

――役に立つならいてもいいの。一緒にがんばるの！

思いのほか喜ばれたチュー侍は、ぽかんとして、喜びを隠し切れずに口元をによによさせた。

『俺様、役に立つ！　見てろ！　最高の剣チュームライアスが、主を世界一の二刀流にしてやる！』

きりっとした顔でおヒゲをピンとさせ、拳を突き上げた姿は、やっぱりどう見てもネズミだった。


『主ぃ！　安心しな！　俺様、空気の読める短剣だからな！　静かにできるぜ！』

寮に戻り、部屋に置いて出ようとしたら、泣きながら短剣を引きずって追いかけてくるネズミのせいで、オレは常に短剣を身につける羽目になった。学校で声を出されたら困ると言ったんだけど、静かにできるって言うから仕方なく……。

『大丈夫、だってランドンとこで……ずっと、しゃべらずにいたし……』

切ない影をすぐ背負うので放っておくわけにもいかなくて、渋々だ。

──チュー助は甘えん坊なの。

『ち、違う！　これはその……主を守るために……』

──どうやって守るの？

『……俺様を使ってもらって……？』

チュー助自身には戦闘能力なんてないもんね。彼（？）は短剣に宿ったごく下級の精霊みたいなものだから、消滅させるのはさほど難しいことではないらしい。むしろ精霊を好む魔物から、オレが保護しないといけない。

『ところで俺様、忠助《タダスケ》って名前をもらったはずじゃなかったっけ……』

──タダスケは名前、チュー助はあだ名なの！　ラピスだって、名前はラピスラズリって言うの！

『おお、そうか！　あだ名かー！　それは悪くないな！』

にょにょと口元を歪《ゆが》めて腕組みするネズミ。君は、単純なところが長所だと思うよ。

学校では、毎日1つは冒険者養成の授業が入るようになり、2週間後の実地訓練に向けて必要な知識を叩き込まれている。なんせ、仮登録とはいえ、冒険者登録ができるようになるのは実地訓練の出来次第とくれば、真剣にもなるよね！　それでなくても冒険者養成の授業はとても面白い。ボーイスカウトみたい、なんて言ったら怒られるだろうけど、火のおこし方や森の歩き方、冒険者同士の決まりごととか、キャンプに行く前みたいでワクワクするんだ！

　こういう野外での活動について授業で聞いていたら、いかに魔法が大切なのかがよく分かる。魔法使いに向いていなくても、魔法の練習はやっておくべきだね。たとえ火種《ひだね》とコップ１杯の水しか出せなくても、遭難《そうなん》した時には命綱だ。

「いいよなーお前ら魔法使えて！　水筒いらないじゃん！」

「魔法使えても水筒はいるよ～魔力は大切にって習ったでしょ～？」

　タクトはオレたちの部屋に入り浸ってゴロゴロしている。いくら頑張っても魔法が使えなくて、ふて腐れているらしい。

「俺は全然使えないのかー。諦めて違う実技取るかなぁ……」

　タクトが違う授業に行っちゃうのは寂しいけど、全然使えないのに受け続けても仕方ない。妖精魔法を教えるわけにもいかないしなぁ。

「呪文、間違ってるんじゃないの～？」

「そんなわけねえよ！　俺、一生懸命覚えたんだぞ！　なんかコツあるんじゃねえの？　俺にも教えろよー！」

　ばふっとオレの枕に顔を埋めてヘコむタクトに、オレたちは顔を見合わせた。

「おーし！　じゃあ、ユー……タは参考にならない気がするから、ラキ！　お手本！」

うむ、悔しいけど、君はよく分かっているね！　なんせオレは呪文覚えてないからね！　そのうち覚えるかな～と、普段は呟くふりをして誤魔化している。オレたちは魔法の練習をすべく校庭の一画に出てきた。タクトの魔法が成功して、オレのベッドが水浸しとかイヤだからね！

「わかった～行くよ？『あまねく水よ、水の精よ、我はその恵みを乞《こ》い願わん、我が対価を受けその御業《みわざ》を示せ、ウォーター！』」

おお～ラキすごい！　噛みもせずに難しげな言葉をスラスラ述べると、手元の器に水がなみなみと貯まった。ちなみに1年生は文の意味を理解してない子がほとんどなので、全部平仮名《ひらがな》もしくはカタカナの単なる呪文に聞こえる。この呪文、どうして自分の魔力を使うのに水の精とやらに乞い願うのか、さっぱり分からないといつも思う。ただ水を出すだけの初歩魔法に随分大層だけど、これで短い方なんだ……攻撃魔法とか早く唱えないといけないだろうに、結構長いんだ。ただ、慣れてくれば呪文はどんどん短縮できるそうだ。

「くっそー簡単そうなのに……行くぞー！『あまねく水よ、水の～』」

おお、あんな難しい文言をちゃんと言えるタクトに、ちょっとビックリだ。でも………。

「あー、やっぱり無理！　一滴も出てこないぞ！　水が向いてねえとか？『苛烈《かれつ》なる火よ～』」

「危ないよ～！」

慌てて離れるラキとオレ。でも、やっぱり唱え終わっても煙すら出ない。

「なんで！　やっぱり無理だー！」

ばたりと地面にひっくり返るタクト。

「うーん、呪文は合ってたし……もう1回ゆっくり一緒にやってみようよ」

この場にオレって必要なんだろうかと思いつつ、一緒に呪文を唱える様子を見つめた。おや？　じっくり眺めると、タクトは決して魔力が多くはないけど、コップ1杯の水ぐらいなら出せそうだ。ちゃんと体内魔力を集められていると思う。なのにどうして発動しないんだろう？

「うん……？」

いざ呪文が始まった時、その違いは如実《にょじつ》に現れた。ラキは集めた魔力が徐々に高まり、最後の言葉で発動するのに対し、タクトは呪文が始まると、途端に魔力が霧散し出して元の木阿弥《もくあみ》だ。

「あーー！　やっぱ無理！　発動しねえ！」

そりゃあ発動しないだろう。頭を抱えるタクトに、どうしたものかと考えながら声をかける。

「ねえタクト……もしかして呪文唱えるのに一生懸命で、魔力ほったらかしになってない？」

「えっ？」

「魔法って、呪文を唱える前に集中して、えーと魔力を集めるでしょ？　で、呪文を唱えながらだんだん強く練っていって発動するんじゃない？」

そこのところはどうなの？　と、チラリとラキを見る。

「そうだね～呪文を唱えながら強くなってくる感じがするよ～！」

「なんだそれ……全然分からん！」

うーん、タクトには、難しい呪文を唱える魔法は向いてないんじゃないだろうか？

「あのね、そういう場合って呪文が合ってないかも……っておじいちゃんが言ってたよ！」

「「……おじいちゃん？」」

「う、うん！　そう、オレの故郷の！　えーと、これはオレの故郷での教え方なんだけど……」

しどろもどろしつつオレのアイディアを伝えると、半信半疑《はんしんはんぎ》ながらタクトが再び呪文を唱え始めた。

「集え集え、俺の魔力よこの手に集え、ぐるぐる回る竜巻のように。竜巻は水となり、俺の手より流れる水流となる……！　ウォーター！」

「「あっ!?」」

タクトの手からザババっと溢《あふ》れた水流が、器を揺らした。

「で……でき……た？　ホントに……できた……！」

「すごいよ～！　やった～！」

呆然と自分の手を見つめるタクト。やっぱりできたね！　はっきりイメージできる、簡単な言葉で解決できると思ったんだ！　念のために絵まで描いて、イメージを強化しつつ説明したからバッチリだ。そもそも子どもが唱えるのに訳の分からない呪文ではそりゃあ難しいと思うよ……タクトは、呪文を間違いなく言うことに集中しちゃって、せっかく集めた魔力を維持できてなかったんだね。一度発動すればその感覚を掴めるから、きっと普通の呪文でも使えるようになるんじゃないかな？

「す、スゲー！　お前の故郷の呪文って俺に合ってるかも！　やったー！」

「「やったやったー！」」

走り回って喜ぶタクトに、オレたちもぴょんぴょんしながら喜んだ。もちろんこの呪文はオレが考えた『子どもにも簡単！　イメージばっちり魔法』だ。魔法使いになれるほどではなくても、魔力がゼロっていう子は少ない。少しでも魔法が使えたら助かる場面はあるはず。こういう呪文を広げられたらいいけど、大騒動になるだろうし……身近な人に伝えるぐらいかなぁ。何にせよ、これでこれからもタクトと一緒に授業を受けられるね！　ん……授業……？

「明日の授業が楽しみだぜー！　じゃーなっ！」

「まっ……待って待ってー！」

オレは、晴れ晴れした顔で駆け出したタクトを追いかけた。


「――ふーん、つまりお前が教えたってバレたらだめなのか」

「うん！　ウチの秘伝だから！　……たぶん」

なんとかタクトに納得してもらって、オレが教えたってバレないように、授業であの呪文は使わない約束をした。

「あれはね、きっかけの魔法だから、一度できたらきっと普通の呪文でも使えるようになるよ！」

「へえ、そうなんだ！　よーし練習するぜ！」

「でもタクト、やりすぎたら魔力なくなっちゃうよ～！」

「へーきへーき！　倒れてもいいようにベッドでやるから！」

それって全然平気じゃないよね……？　魔力がなくなると、生命維持にも支障が出てくるので、枯渇《こかつ》する前に意識がシャットダウンされてしまう。魔力ゼロの子は、ほぼ生命維持に回す分しか魔力がない子たちだ。成長と共にある程度増えるから、大人なら普通は魔法が使えると思う。ただ、「明かりを10秒灯《とも》す」とか「火花を出せる」ぐらいかもしれないけど。

「ユータ、僕が使える秘伝はないの～？」

「う－ん、あるかもしれないけど……今は思いつかないよ。だってラキ、習った魔法、全部使えるじゃない」

「他の秘伝って、どんなのがあるんだ⁉　剣の技とかないのか？」

「剣ならチュー助に教えてもらったら？」

「えー………」

『なんだこのガキめ！　この俺様に教わる誉《ほま》れを拒否するっていうのか！』

空気の読めるネズミは、自分の名前が出たら、ここぞとばかりに出しゃばってくる。

『主ぃ！　ちょっと俺様を構えてみてよ！　俺様の指導を見せてやるんだ！』

もう……出たがりなんだから。断ったら断ったであとが面倒なので、仕方なくチュー助とナイフを両手に構えて、腰を落とす。

『たっぷり！　たっぷりめのたっぷりで！』

催促《さいそく》に応じて魔力を注いでやると、なるべくチュー助に意識を集中して力を抜くようにする。

『オウ、イエー！　主の魔力最高！　行くぜっ！　まずは構えっ、シャキーーン！』

魔力に促されるままに構え、薙《な》ぎ、払う。いちいち『スパーッ』とか『くるくるジャキーンッ』とか気の抜ける効果音が腹立たしいけど、オレの体を実際に使って技を見せて（？）くれるのはこれ以上ない指導だ。ガンガン魔力を使われるのでオレは相当疲れるんだけども。

「はい、おしまい！　これ以上は疲れるよ」

『えー、乗ってきたところなのに！　俺様、まだやれるー！』

そりゃチュー助はやれるだろうさ！　使ってるのはオレの魔力で、オレの体だからね！

「うっわー……ユータ、それヤバイな。えげつねえ……お前、魔法使いなんだろ……？　魔法使うわ剣使うわって、それどうなの……」

「僕は魔法しか無理そうだなぁ……。ユータって本当に……優秀なのかぽんこつなのか……よく分からないね～」

……どうしてみんな素直に褒めてくれないの！　オレ、ちゃんと頑張ってるのに……。今度帰ったら、エリーシャ様たちにうんと褒めてもらおうと心に決めた。

「魔法使いでも剣を使える人はいるよ！　執事さんは剣も上手だったよ。それにね、オレ魔法使いでも短剣使いでもなくて、本当にやりたいのは召喚術《しょうかんじゅつ》なんだ！」

「「……何言ってるか、分かんないよ……」」

「え、えーと、オレの国ではね……」

この国ではなぜか職業が分かれているけど、オレの国では召喚術士も回復術士も従魔術士なども、全部が「魔法使い」ってこと。魔法が使えるなら向き不向きはあるけど、どれにもなれる可能性があるってこと。思い込みを取っ払えば、ラキだって他の職業にも適性があるかもしれないと、お馴染みの便利設定「異国文化」を理由にして、一生懸命説明した。

「そうなんだ……ユータの国の人たちって、すごいんだね～！」

「ううん、多分ラキたちだって一緒だと思うよ！」

ここぞとばかりに力説する。子どものうちに、思い込んじゃだめだよ。

「そうかなぁ……じゃあ僕も召喚できたりするかな～？」

「向き不向きがあるものは分からないけど、初歩ならできることもあるんじゃないかなぁ？」

「おおー、夢が広がるな！　俺だって召喚できるなら、やってみたいぜー！」

タクトは魔力が少ないから、召喚はどうだろうか。結構魔力を使うって書いてあったからなあ。でも、何事もやってみて損はないだろう。

「じゃあみんなも召喚の授業、一緒に受ける？」

「うん！　やってみようかな～！」

「おう！　もちろん！」

やったー！　これで召喚の授業も一緒に受けられるね！　そろそろ必須の授業以外も選択できる時期になっているんだ！　召喚術とか従魔術はかなり特殊な部門になるから、座学でちらっと習うだけで、実技は自分で選択しないと受けられないんだよ。

いよいよ、いよいよだ……やっと召喚術を学べる……！　オレは、うまくできるだろうか？

これでみんなを喚《よ》べるに違いないと思ってきたけど、本当にそうだろうか？

……もし、違ったら。

夜、ベッドで横になっていると急に不安が押し寄せてきた。やっと手が届くところまで来て、もし違ったらどうしよう。

——違ったら、また他の方法を探せばいいの。ユータはまだ時間がいっぱいあるの。

ラピスが優しくほっぺに体をすり寄せてきた。柔らかな毛並みと、ほのかな温かさが伝わってくる。ラピスやティアには、ちゃんとオレのことを話してある。ティアが理解しているかどうかは分からないけど、じっとオレを見つめて寄り添ってくれていた。

「ラピス、ティア……ありがとう。そうだね、方法が見つかるまで探すだけだね」

インターネットも通信機器もないこの世界で、それがどんなに大変なのか、分からないではないけれど。でも、今やれることをやっていくしかないもんね。

小さな2つの温もりに安心して、オレはそっと目を閉じた。

3章　はじめての召喚

「召喚とは、神秘の御業。他の職業とは違うのです。召喚の才があるなら、誇りに思いなさい」

召喚の実技などの特殊項目は、外部の先生が行う。だけど、召喚の先生は……なんというか、ツンとしていて、あまりいい印象を受けない。お高くとまっている、という言葉がピッタリだ。

「（なんだアイツ……なんか腹立つな！）」

「（偉そうだよね〜！）」

両側からこそこそ話しかけられて、先生に睨まれてしまった。お、オレは真面目に聞いてます！

「では召喚陣を。まず初歩の初歩、基本の召喚呪文ができなければ先はありません。次からは来なくて結構です」

1回でふるい落とされるのか……だから人気ない職業なんじゃないの？　またもや長ったらしい呪文だけど、オレは唱える気がないし、2人には呪文を覚えて唱えるより、メモを見ながらでも、イメージがきっちりできる方が大切って伝えてある。配られた召喚陣とやらは、円の中に図形なのか文字なのか不明なものがたくさん描き込まれた、まさに「魔法陣」って感じだ。

「この神秘の召喚陣は、召喚者の魔力を増幅し、魂となって彷徨《さまよ》う生命の、在りし日を一時的に喚び戻すものです。正しき呪文を唱え、適性がある者だけが、召喚陣から召喚獣を喚ぶことができるのです。契約を結ぶことができれば、召喚陣へ還しても魂となって術者の周囲に留《とど》まり、再び喚びかけに応えるでしょう」

召喚獣は、魂の存在……それに姿を与えるための生命魔法か……！　だから生命魔法に強い適性があるんだな。なるほど……そうか、チュー助の時を思い出せばいいんだな……！

「では、各自説明の通りに行うこと。いいですか、喚ぶのはスライムです。生まれて間もないものを。魂は長く生きたものほど重く、強いのです。身の丈に合ったものを喚ばないと、よしんば喚べたとして、術者が食われて死にますよ」

さらっと怖いことを……ドラゴンを喚びたいなんて言っていたタクトが、ビクッとした。

集中、集中だ。まずは、スライム。召喚陣……きっとこれは海人のナギさんを喚ぶ魔法陣と似たものだ。ここと魂のある場所を繋ぐゲートになっているんだろう。スライムは初心者でも簡単に喚べるらしいけど、失敗したら教われなくなっちゃう。念のために周囲の魔力も根こそぎ集めて深く深く集中した。

ふい、とオレの胸の内が熱くなったような気がした。何かが……来た気がする。

「おいで……オレのところに……召喚‼」

ありったけの魔力を込めて、ゲートを開いて喚びかける……！　どこか懐かしいその気配を掴んで、引き寄せた。途端にぶわりと輝いた召喚陣に、ごそっと引っこ抜かれるように大量の魔力を持っていかれ、思わずへたり込んだ。スライムを喚ぶだけで……こんなに消費するの⁉　オレ、魔力多いって言ってなかった？　周辺魔力も使ったのに？　荒い息を吐きながら、徐々に光の収まる魔法陣を、固唾《かたず》を飲んで見つめた。

光が消えたそこに現れたのは、ぽてんとオレの両手に収まるほどの……桃色のスライム。これ、成功だよね？　見たことない色だけど、スライムには違いない。危なくはないよね……しばし、じいっとスライムを観察する。

「……あれ？」

見たことないスライムだけど、おかしいな、既視感《きしかん》がある。それも……懐かしい感じ。そっと手を差しのべると、スライムはぽんと弾んで飛び乗った。目の前に持ってきてまじまじと眺めて、オレは首を傾げた。

「……亀井、さん？」

ふるっとスライムが震えた。

『よく分かりました！　ええ、当たりよ』

オレは目を見開いた。亀井さん……？　喚べたの？　オレ……………喚べたの⁉

『とくべつサービスよ！　だって私、この姿になりたかったから、特別に頑張って割り込んだのよ。素敵でしょう？』

ふよんふよん、と上下に揺れて得意げな亀井さん。

「……ホントのホントに亀井さん？　オレ、オレ……ごめんね……」

まさか……1回目で喚べるなんて思ってなかったから……。嬉しさと切なさと、安堵《あんど》と……いろんな感情がないまぜになって、ぽろぽろと頬を伝う。

『謝罪なんて必要ないのよ？　ほら、変に思われるから涙を拭《ふ》いてちょうだい。あなた、随分小さくなったのね？　私が大きくなったの？』

「……ふふっ！　オレが小さくなったんだよ。でも亀井さんもちょっと大きくなったかな？」

オレは桃色のスライムを抱えて頬をこすると、ふわっと微笑んだ。

改めて亀井さんの姿を眺めると、スライムには違いないと思うんだけど……なんか違う。色もそうだけど、スライムってもっと透明で液体っぽいやつでしょう？　この桃色スライムはほんのり温かく、ごくごく短い毛が生えていて生き物っぽい。水滴というよりは短毛の毛玉？でも、スライムっぽくふよんふよんする。不思議だなぁ。

『ねえゆうた、私、新しい名前が欲しいわ。この姿に似合う、かわいい名前』

「分かった！　かわいい名前……亀井さんだから……亀子さん？　亀代さん？」

『亀から離れてちょうだい！　もう私、亀じゃないのよ！　見て、この柔らかボディ！　キュートな色！　自在に動く体！』

亀井さん、そんなにスライムに憧れてたんだ……。そんなこと言われても、オレの脳裏に浮かぶ亀井さんは、お庭のちっちゃな手作り池でひなたぼっこしていた、小さな黒い亀さんだ。庭に出ると、ちっちゃい手足でついてこようとする、かわいい亀。暖かい日にお庭にシートを敷いて、一緒にひなたぼっこしたんだよ。懐かしくてまた泣きそうになるのを堪えて考えた。

亀じゃない名前……かわいいやつ……。

「モモはどう？　かわいいと思うけど」

『ホントにゆうたは単純なんだから……まあいいわ、亀井さんよりマシだから』

モモは満足げに、ふよんふよんと揺れた。

——ユータ、成功？　喚べたの？　よかったね～！

「うん！　ラピス、ありがとう。今回はそのつもりじゃなかったんだけど、亀……モモの方から来てくれたから、成功したみたい！」

『かわいい小さなきつねさん、ゆうたをずっと守ってくれてありがとう！　私はモモ！　よろしくね』

——どういたしまして、モモちゃん？　モモ？　よろしくおねがいするの！　……あのね、ユータすごく光ってたから、ラピスがユータをちょっと隠してるの。もう大丈夫なの？

　モモちゃんと呼ばれて、モモは餅のようにぺったり扁平《へんぺい》になってふるふると悶《もだ》えているようだ。

「そうなんだ！　ラピス、ありがとう。もう大丈夫だよ！」

　あんなに召喚陣が輝くのも、魔力を使うのも、やっぱり普通ではなかったんだね。集中して気付かなかったし、ラピスの機転に感謝だ。

「あれっ？　ユータもう召喚したのか？　……なんかできるような気がしたけどよ……お前ってヤツは、ホントにデタラメだな！　魔法使いで召喚もやっちゃったよ……」

「すご～い！　それスライム～？　そんなの初めて見たよ～さわっていい？　かわいい～！」

　ラピスの魔法を解くと、両隣の２人が駆け寄ってきた。やっぱり珍しいようで、まじまじとモモを眺めている。

「２人はどう？　できそう？」

「う～ん、僕はどうかな～無理な気がするよ～、全然魔力が言うこと聞かない感じ～」

「俺もスライム喚ぶぞ！　カッコイイのがいいな！」

　スライムにカッコイイのとかいるのかな？　タクトは一生懸命集中すると、メモに書いた呪文を読み上げる。うん、魔力、途切れてないよ、コツを掴んできたね。

「……召喚っ！」

一瞬、ポッと召喚陣が淡く光って、何かが…………。

ピチピチ……ピチピチ……。

……召喚陣の上で何か跳《は》ねていた。ピチピチしてるのは……半透明で……3㎝くらいの……。

「…………」

「……えっと……エビ……かな？」

あれだ、よく沼とかにいる透明のちっこいエビ。タクトはぽかんと跳ねるエビを眺めている。

『まあ、美味しそうね。いただいていいのかしら？』

ふよんふよんと、モモがオレの肩から下りてくる。

「モモ！　だめだめ、食べちゃだめだよ！　タクト、ほら、エビさん入れてあげて！」

ピチピチするかわいそうなエビさんのために、土魔法で器を作って水を入れてあげた。

「お、おう………」

釈然《しゃくぜん》としない顔をしながら、とりあえずエビを水に入れてあげるタクト。

「ねえ、どうしてエビを喚んだの～？　これって成功～？」

「俺が知るか！　何の役に立つんだよ！　エビなんか喚んで！」

まあ、エビさんかわいいからいいんじゃない？　とりあえず召喚はできたし……大人になって魔力が増えたら、もう少し……ブラックタイガーぐらいなら喚べるかもしれないよ？

生徒たちの間を回ってきた先生が、器に入ったエビを見てきょとんとする。

「……なぜエビ……？」

「先生！　これ特別なエビ？　ブレス吐いたりしねえかな!?」

「するわけないでしょう……！　なぜエビを喚んだのか理解に苦しみます……」

眉根を寄せて顔を上げた先生が、こちらに目を留めた。

「!?　あなた、それ……！　フラッフィー!!」

先生がまるで、アイドルを見つけたような顔で駆け寄ってきた。フラッフィー？

「や、やっぱり！　フラッフィー！　かわっ……んんっ、ごほん……あなたはともかく、こちらの坊やは素晴らしい素質があるようですね。まさか、フラッフィースライムを喚ぶとは」

「フラッフィースライム？　ふわふわしてるから？」

「ええ、能力はスライムと大差ないですが、見た目に希少価値のある大変珍しいスライムです。召喚獣ですから奪い取るのは不可能ですが、狙われないよう気を付けることです」

先生の目はしっかりモモに固定されて、手がうずうずしている。

『仕方ないわね……魅力的だもの、しょうがないわ。いいわよ！』

「先生もさわる？　ふわふわしてるよ！」

差し出すと、先生の冷たかった表情にさっと朱《しゅ》が差した。目を輝かせて、途端に人らしくなった気がする。そわそわしながら受け取った先生が、手のひらでふよんふよんするモモを見てデレッと表情を崩した。なんだ、この人もそんな悪い人じゃないのかな。

「なんだよー。俺のエビだってかわいいぜ？　先生、さわる？」

ずいっと器を差し出すタクト。文句を言ってた割に、愛着はあるようだ。

「い、いえ、エビは……触るものではありませんよ！　ちょっと！　結構です！」

ずいずい眼前に迫るエビに、思わずモモを返して後退していく先生。まあまあ、いえいえ、と2人は呑《の》みの席のサラリーマンみたいな会話をしながら、じりじり遠ざかっていった。さすがタクト、あの先生相手でも遠慮なしだな！


「エビ……消えちゃった」

タクトがしょんぼりしている。タクトは魔力が少ないので、たとえ普通のエビでも召喚していられる時間は短いようだ。それにしても、そのネーミングセンスはどうかと思う。

「きっとまた召喚したら出てきてくれるよ～！」

「そうだな……毎日喚ぼう！」

「そしたらそれで魔力切れるから、魔法の練習はできないんじゃない？」

「うぐ……」

うーん、毎回ちょっとしか会えないのも気の毒だ。なんとか召喚時間を延ばせないものか。生命魔法を満たした容器なら、維持できる時間が延びたりしないかな？　それか、オレがエビビに魔力を注いだら安定する？

『ゆうた、やりすぎないのよ！　怪しまれない程度にすることね』

モモはオレの考えなんてお見通しのようだ。でも、タクトの気持ちも分かるしね……。

『まあ、今回はただのエビだものねぇ。実体化したところで問題にはならないかしら？』

実体化……そうか、あれはどうだろう？


「ユータ、これ貴重なものじゃないのか？　エビビに使っちゃって……いいのか？」

「いいよ！　たくさん作……もらって、余ってるんだよ。何に使えばいいか分からないし！」

翌日、なんとかエビビを再度喚び出すことに成功したタクトは、オレの用意した容器にそっとエビビを入れた。この水の中には、生命魔法飽和《ほうわ》水を混ぜた方の回復薬をほんの数滴入れてあるんだ。タクトには召喚獣の召喚時間が少しだけ延びるかもしれない薬と説明して、いくつか回復薬を渡しておいた。入れすぎるとよくないから、あくまで数滴だけって注意してある。

これは少し効き目のいい回復薬ってだけだからね～、バレたところで問題ない。

「ところでユータもまた喚んだの～？」

２人が、オレの肩でふよんふよんしているモモを見つめた。

「あ……えーと、これはその……色々な事情がありまして……」

オレは視線をさ迷わせて言い淀んだ。


あの時、無事にモモを召喚することができた喜びもそのままに、授業が終わったらそっと2人と離れて校庭の隅へ行った。オレたちだけで話したいことは、たくさんある。誰に聞かれたってオレの声しか聞こえないけど、念のためラピスに見張りを頼んでおいた。

「モモってこんな風にお話ししてたんだね。小さいしオレが守らなきゃって思ってたのに、なんだかモモの方がお姉さんみたいだね！」

『あなたは元々、私の言いたいことが分かってたと思うわよ。でも、この世界はハッキリ会話できていいわね。ふふ、あなたはもっと大きかったものねぇ。でも私だってあなたを守ろうと思っていたわよ！　ちゃんとついて歩いていたでしょ？』

ああ、あれはオレを守ろうとしてくれていたんだ……。みんなそうやっていつもオレを守ろうとしてくれていたから、あの時巻き込まれちゃったのかな。オレはそんなに頼りなかった、かな？　……でも……何かが起こるなんて欠片《かけら》も思っていなかったんだから、何も言えない。

こうやって戻ってきてくれたんだ。今度こそ、今度こそオレが守れるようにならないと……。

モモはどうしたの？　と言いたげに、抱えた膝の上で揺れている。なんでもない、とにっこりしてモモをつつくと、柔らかな体はふよふよと揺れた。

「ねえモモ、オレの中にモモの魂の欠片があるんでしょう？　これを返せば実体化できるんじゃない？　今までそばにいてくれて、ありがとう。守ってくれてありがとう。欠片、返すね？」

『いいえ！　むしろ……』

モモは、ひょいっとオレの胸元に飛びついた。慌てて受け止めようと手をやると……。

「あれっ？　モモ？　モモ!?」

モモがいない!?　もしやこんなタイミングで送還されちゃったの!?

その時、焦るオレの胸の奥に、ほわりと灯火《ともしび》が灯ったような感覚が芽生えた。そして徐々に熱を帯びていく……これは、なに？　……温かくて、優しくて、切ないような。思わず胸を押さえて蹲《うずくま》っていると、不思議な感覚は唐突に消えた。

『そう、むしろ、全部あげるわ！　……これで安心』

モモが、なんとオレの体からスッと飛び出してきた！

「えっ？　どうなってるの!?」

『うふふ、ごめんね、ゆうた！　私の魂はあなたの中に置いていくわ！　これで遥《はる》か彼方に送還されることも、離ればなれになることもないわ』

「えっ⁉　そんな、イヤだよ！　ちゃんと生身の姿で一緒に生きていこうよ！　実体化すれば送還されないいじゃないか！」

『あら、この方が一緒に生きていけるのよ？　自分の身の振り方は自分で決めるわ！　ゆうたには悪いけどね！』

モモは体をにゅっと一部変形すると、泣きべそをかいたオレを慰めるように、ポムポムとした。

（――ごめんね、あなたが味わったことが、私には耐えられそうもないの。あなたがいなくなる時には……一緒に、連れていってちょうだい）

モモは送還されない。いや、正しくはオレの内に還ることになる。だから……そう、このことを2人にどうやって説明したものか……。言い淀むオレを不思議そうに見る2人。うーん、誤魔化したところで、モモがオレから出入りする光景はいつか見られるだろう。「必殺・異国文化」もちょっとこれは……使えるだろうか。

『大切な友達なんでしょう？　そのまま言えばいいわ。召喚獣が自分に魂を預けたと。それを信じるかどうかは別だけど』

そうか、これを知ったところで2人に害があるわけじゃない。オレが変な目で見られるかもしれないけど、黙っていてもいずれバレることだ。

「──へえー！　そんなことできるんだ！　めちゃくちゃ便利だな！」

「召喚獣を体内で飼ってるようなものかなぁ？　ユータの魔力量ってホントに多いんだね～！」

2人はあっけないほど簡単に信じてくれた。これも子どもの柔軟さのなせる技だろうか……。

「……こんな話、オレ聞いたことなかったから、信じてもらえないかと思った……」

「そう～？　それよりもっと信じがたい光景を見てきたからじゃない？　説明つかないようなこともあったでしょ～？　ちゃんと説明できることなら普通に納得できるよ？」

「そりゃまあ、ユータだしな！　お前は普通じゃないからなんだってアリなんだろ！」

……なんだろう、こう……君のこと、信じてるから！　とかじゃないんだ……。どこか納得できない気分になったのは、オレの方だったかもしれない。

『主って人外だよなぁ！　俺様、鼻が高いよ！』

チュー助、人外は誉め言葉じゃないぞ。ちなみに召喚の時に莫大《ばくだい》な魔力が必要だったのは、地球という異なる世界から喚んだからだ。それも、モモは生まれたてじゃないからなぁ。元々野生の亀だから何歳なのかは知らないけど。ただ、スライムという召喚しやすい種族に転生したことと、モモ自身が強い積極性を持って召喚されたことでなんとかなった形だ。予想外ではあったけど、こうしてモモが来てくれて、オレの心にはひとつ、柱が建った気がした。

◆◇◆◇◆

「久しぶりー！」

言うなりオレは、輝く漆黒《しっこく》の毛皮にダイブした。乱暴に飛びついたオレを柔らかく受け止める極上の毛並み、しなやかな肉体。

『てめえ……いきなり飛び込んでくるやつがあるか！』

そして乱暴な言葉。なんだか懐かしい気がする……顔を埋《うず》めると確かに感じる獣臭《けものしゅう》に、それだけの日数が経過したことを感じる。そうだ、今日はお風呂にしよう！　にっこり笑ってそう決めると、石けんでルーを洗う時間が勿体なかったので、先にマイクロバブルの魔法で洗っておいた。以前作った露天風呂も高圧水流とマイクロバブルでお掃除したら、熱いお湯を入れて、温泉の元（生命魔法飽和水）をコップ1杯ほど入れる。こちらの温泉は疲れや肩こりに劇的に効果がありますよ～なんてね。ルーはさっそく縁に顎を載せて、巨体を沈めると、リラックスモードだ。遠慮なくその背中に乗っかると、足からゆっくりとお湯に入っていく。

「あーー気持ちいい」

オレは頭をルーの背中にもたせかけて、広々としたお湯の中に体を広げた。

ゆらゆらするルーの毛並みがくすぐったいけど、この上下する柔らかベッドは捨てがたい。

「ルー、今日は学校がお休みだったから、遊びに来たんだよ！」

『そうか』

「学校は楽しいよ！　友達もできたんだ。タクトとラキっていう仲よしができてね、同じお部屋の人もいい人なんだ！」

ぱしゃ、ぱしゃり……。オレの話を聞いているんだか、いないんだか、心地よさげに時折水を叩くしっぽが、水面に光の輪を描いていた。

「聞いてる？　……ねえルー、オレ、違う世界から来たんだけどね、離ればなれになってた仲間を召喚できたんだよ！」

『そう……はあ!?』

「――ぶはっ！　もうー！」

ざばっと起き上がったルーに落とされて、オレの頭がお湯に沈んだ。げほごほしながら起き上がって抗議の声を上げると、金の瞳がずいっと近づいてオレを睨みつけた。

『どういうことだ』

一応聞いていたんだね。オレ、違う世界から来たのって言ったことなかっただろうか？　ルーには大体なんでも話している気がしたんだけど。

『――てめー、どうりで。色々とおかしいわけだ』

オレのこれまでを語る長い説明に、はあっとため息を吐いた大きな獣は、目を閉じて横たわった。さすが神獣、神様だとか不思議なことにもあまり驚かないのかな？　特に疑問も持たずに納得した様子に、ちょっと拍子抜けだ。

「それでね、これがモモ」

『カッコイイ獣さん、こんにちは！　よろしくね』

ひょいとオレから飛び出したモモが、ぽしゃんとお湯に飛び込んだ。

『……魂をひとつの器に2つなど……てめーはめちゃくちゃだ』

ルーはぶつくさ言いながらも寝る体勢に入っている。なんだろう、どこか気落ちしているように見えるのは気のせいだろうか？

「ルー？」

『…………』

だめだ、「都合の悪いことは聞こえません」モードに入っちゃった。もう答えてくれないだろう。ホント、寝てばっかりなんだから、と思ったけれど、ルーがこうあるのは、長い長い年月を生きるためのコツなのかもしれない。

『お風呂って気持ちいいのね！　入ってみたかったのよ』

弾んだ声に振り返った。おお、スライムって浮くんだ。ぷかぷかと浮いて喜ぶモモを見て、オレはくすくすと笑った。

「またねー！　オレがいない時もお風呂入ってよ！」

静かでゆっくりとした時間を過ごしたオレたちは、フェアリーサークルで再び賑やかな街へ。

街の喧噪《けんそう》は心躍るけれど……元々田舎育ちのオレは、やっぱり静かな場所の方が好きかもしれない。みんなが揃ったら、また山で暮らすのもいいかもしれないね。

＊＊＊＊

漆黒《しっこく》の獣は、静かな暗闇の中、金の瞳を開いた。

『……どうりで。それにしても、規格外だろ』

闇の中に煌《きら》めくその色は、ふいと曇《くも》った。

『……あのように、なってくれるなよ』

目を伏せ、糸のように細くなった金色が、闇の中で揺らいで見えた。

『――見守っていてやる』

再び開いたその瞳は、神獣にふさわしい、強い光を宿していた。

4章　森の実地訓練

「さーてっ！　もうすぐお楽しみ、実地訓練です！　それに向けて、今日は習った基礎魔法をできる人がいるかなーってやってみまーす！　できたらすごいけど、できなくても大丈夫！　今後の実地訓練に必要だから、これからの授業は習ったことがどのくらいできるか、きちんと見ていきますよ～！　サボっちゃダメですからね～っ！」

実地訓練まであと少し！　いくつか実地訓練をこなして認められれば、冒険者の仮登録ができる！　それに向けて授業もだんだんと実用性を考慮した内容になってきている。「魔法使い向き」の子たちは攻撃魔法まで進み、「ある程度は使える」子たちは野外生活に役立つ魔法を中心に、今後「魔法使い向き」グループへの昇格を目指して頑張っていく。ちなみに、「魔法使い向き」とされたのは、５組では今のところオレとラキを含む男子３名、女子２名だ。タクトはあの訓練のお陰で「ある程度は使える」グループに入っている。

「さて、君たちはうちのクラスの期待の星になるわけです！　今後の実地訓練では君たちが要《かなめ》になるので、頑張っていこうね！　では、みんなこっちに並んでー！」

オレたちは先生の先導で訓練場の奥まで来ると、頑丈な的《まと》が並ぶ一画で横一列に並んだ。

「これから、みんながどのくらいできるかなーって見てみたいと思います！　じゃあこんな風に……ファイア！　ウォータ！　ウインド！　ロック！　サンダー！」

先生、さすが！　きれいに全部的に命中させると、心持ち得意そうに振り返った。

「ふう、こんな風に順番に撃《う》っていってね！　先生は横で見てるから、みんな一斉にやっていいよ！　できるまで頑張ろうね！」

よーし、頑張るぞ！　的に命中させつつ壊さないぐらいの力加減っていうのは案外難しいので、基礎魔法といえど、きちんと集中する。

「せーのっ！　ファイア！　ウォータ！　ウインド！　ロック！　サンダー！」

よおし！　完璧っ！　やり過ぎず控えめすぎず、文句なしにばっちり先生のお手本通りだと思う！　やりきった感に溢れたオレに、ふう、と隣でため息が聞こえた。

「……ユータ、詠唱は？　それとね～そんな速射《そくしゃ》って、普通できないからね？　あと、サンダーはまだ習ってないよ～」

えっ？　………だって……先生がこんな風にって……。そうっと周囲を窺うと、ラキのやれやれという呆《あき》れた視線。そして、ぽかんとオレを見つめて手を止めているクラスメイト。

「ゆ、ユータくんっ⁉　君、普段の授業をサボってたでしょ⁉　実力隠してたなー、なんで詠唱省略までできるのっ⁉」

「え……えーと、ごめんなさい、オレ魔法、習ったことあるの。オレの国では呪文はあんまり使わないし、杖も使わないんだ！　でも最初からちゃんと習いたかったから……」

一気に色々バレてしまった。この際、めんどくさかった杖のこともバラしてしまえ！

「なんですと！　小さな島国って聞いてたけど、魔法の進んだ国だったのねー！　すごーいっ！　しかもできるのに学び直そうなんて、殊勝な心がけ！　素晴らしいっ、賢いっ！」

興奮したメリーメリー先生が、オレの頭を高速撫で撫でした。なんか思いのほかスムーズに納得してもらえて拍子抜けだ。こんなことなら、最初から言っておけばよかったかな。

「いいな……ユータ君って小さいのに、一番魔法できるんだ……」

小さいのに、って言葉は必要だったのかな？　若干傷つきながら振り返ると、魔法使い組の女の子2人が少し悔しそうな顔をしていた。

「オレは早くから習ったからだよ。みんなもオレと同じ頃に習ってたら、一緒だよ！」

「ホント？　私も上手になるかなぁ……」

「なるよ！　まだ練習を始めたばっかりだもの！」

だって君たちはまだ6歳だよ？　努力すればするほどできるようになるよ！　自信を持って宣言すると、にこっと笑う。女の子たちもはにかんだように微笑むと、真剣な顔で的に向かった。

結局、全ての魔法を習得しているのはオレとラキだけみたい。てっきり習ったら使えるものだと思っていたけど、ラキが優秀だったんだね。

「くっそ、僕もガンガン魔法使えるようになりたいからさ、なんかコツとか教えてくれよ！」

授業のあと、むくれた顔で詰め寄るのは、魔法使い組のマイケル。

「オレの国で教わったことを伝えることはできるけど……それがいいかは分からないよ？」

「うんっ！　とにかくなんでもいいから役に立ちそうなことは教えてくれよ！」

「あのー、じゃあ、私も」

「ちょっと！　抜け駆けはよくないわ！　あたしも！」

みんな、聞き耳を立てていたんだろうか？　魔法使い組のメンバーが次々名乗りを上げて集合する。何をどこまで伝えるべきなのか悩むけど、わいわい自主練とかは楽しそうだ。

「じゃあ、みんなで練習、頑張ろうね！」

「魔法使いのひみつ特訓ね！　いいこと？　他のクラスに差をつけるのよー！」

「「「おー！」」」

チェルシーという子はなかなか熱血漢のようだ……女の子だけど。もう1人のやや控えめな子はデージーだ。いつの間にやらチェルシーが中心になって、ラキとオレを含む5人の魔法使い組による秘密特訓が行われることが決定した。

「第1回、魔法使いひみつ特訓を始めるわ！　さしあたって緊急のテーマは、実地訓練であっと言わせる魔法の習得！　ね！」

あっと言わせる……？　あっと言わせる必要がどこにあるのだろうかと首を傾げたけど、マイケルは激しく頷いているし、そういうものなのかもしれない。さしあたって必要なのは習った魔法を習得することだと思うけど。約束通り、今日は5人全員が訓練場に集まっていた。

「ねえ～それにはまず、基礎の魔法を完璧にしないといけないよ～？」

ラキ、さすが！　みんなはげんなりした顔だけど、まず基礎がなってないと次に進めないよ？

「あのね、私ファイアとウォータはできるんだけど、ウインドとロックが苦手なの。それって練習したらうまくなるかな？」

デージーが言うと、残りの2人も、あれができないこれが苦手だと騒ぎ出した。う〜ん、どんな風にやってどうしてできないのかを、分析しないことには……。聞いてみると、見事に3人はできることがばらけていた。まずは教え合いっこができないものかと、試しにファイアができる2人に、ファイアが苦手なマイケルを任せてみた。

「もう！　下手くそっ！　なんでそうなるのよ！」

「あのね、呪文をもう少し早く唱えてみたらどうかな？」

女子2人に挟まれて散々な言われよう（主にチェルシー）で、大丈夫かと心配していたんだけど、マイケルは割と嬉しそうな顔なので助けなくていいのかもしれない。

「オレの国の魔法はね、あんまり呪文を唱えないって言ったよね？　呪文を唱えることでどうなるのかハッキリとイメージしていると、呪文がなくても魔法が使えるんだ。だから、魔法を失敗するのはイメージがハッキリしてないからじゃないかな？」

「呪文の唱え方じゃないの？」

「イメージか……僕はイメージなんか全然してなかったぞ！」

「そんなの言われたことないわよ！」

やっぱり呪文の方が重視されてるんだね。魔法使いひみつ特訓は、まだ始まったばかり。それで失敗しているなら、イメージ強化で簡単に解決していけるかもしれないね。

＊＊＊＊

メリーメリー先生は、スキップしながら教員室に戻った。

「メリーメリー先生、ご機嫌ッス。いいことあったんスか？」

「ふふーん！　いい魔法使いが生まれそうなのよ！　ウチのクラスにすごい逸材《いつざい》がいるの！」

「へえ、5組ッスか！　今年は優秀なの揃ってるッスね〜体術・武術系にもスゲーのがいるッスよ！　羨《うらや》ましい限りッス！」

マッシュ先生の言葉に、メリーメリー先生がますます鼻を高くする。

「おや、メリーメリー先生のクラスには出来のいいのが揃っておりますな。文学にも秀でたのがおりましたよ。少々不真面目な態度が気になりますが、根は素直なようでしたな」

「すごい生徒の話だったら、私も聞いたよ。5組の生徒って言ってたんじゃないかな？　召喚の授業で、一発でいいの引き当てた子がいるって」

その場にいた教員が、次々と優秀な生徒の話を始めた。

「えっ？　全部私のクラス？　優秀な子がいっぱい！　ねえねえ、その子たち名前は？」

各教員が口々に告げた名前は、ピタリと一致した。

「……あれ……？」

『ユータ』って名前、何人もいたっけ？　教員たちは、混乱して顔を見合わせた。

＊＊＊＊＊

「ねえ、なんで先生が並んでるの？」

「さあなー退屈なんじゃねえ？」

体術の実技でいつもの運動スペースに移動したら、なぜかクラス担当の先生方がずらっと並んでいた。なんだかこっちを見ているような気がしないでもない。

「今日は体術で習ったことを披露《ひろう》してもらうッス！　先生方は見学に来ているだけなので気にしないように！」

実地訓練に向けて、生徒の出来を見に来ているのかな？

「なんだか見られてると落ち着かないよ～」

「そうか？　ギャラリーがいると嬉しくならねえ？」

タクトはすごいなぁ。オレはラキの気持ちに近いかな、ギャラリーがいたら緊張する方だ。まあ、今回は先生たちだからあまり気にならないけど。

「じゃあ、ユータは余るから、いつも通り先生と組むッス」

「はーい！」

うちのクラスは19人なので、ペアで行う訓練は1人あぶれちゃうんだ。オレたちは3人組だし、小さい相手はやりにくいので、いつもマッシュ先生と組ませてもらっている。いつも通りのゆっくりとした動作の型練習で、オレが一通りの攻撃をして、先生が避ける。なるべく大きく動作するけど、先生はやりにくいだろうな。次に交代して、オレが避ける番。時々他のことを考えていたら、先生にバレて、たまに早い攻撃が来るから要注意なんだ。

「ユータ、今日はちょっと早く行くッスよ？　ちゃんと避けられるッスか？」

「大丈夫！」

カロルス様やマリーさんほどじゃなければ、たぶん避けられる！　もしかして見学の人がいるから、先生も張り切っているのだろうか？

「……やっぱ余裕ッスね？　じゃあどんどん早くなるッス！」

わ、それ、当たったら結構痛いよ？　先生の攻撃は宣言通りだんだん早くなる。それって型の練習？　普通に攻撃じゃない？　慌ててオレも本気モードに切り替えて真剣に避ける、避ける！　まだ大丈夫、ラピス部隊の方が早い。と、軽く飛び上がったところを狙う鋭い蹴り！空中回避は次の行動がとりにくい……仕方なく両足の裏で先生の足を柔らかく受け止め、蹴りの威力をもらって高く遠く飛び上がって離れた。先生が追ってこないのを確認して、くるりと回って着地する。

「「「う……おおおーーー！」」」

ビクっ！　突如湧き上がった歓声に首をすくめた。

「ユータ、やっぱりこのくらいはできたッスね！　いつも余裕なんで、試してみたかったんスよ！」

周囲の大歓声の中、マッシュ先生が爽やかな笑顔で言った。せっかく目立たないようにしてたのに……マッシュ先生のせいでバレバレだ。ラキとタクトが、あーあ、と言いたげな視線を送ってくる。だって……しょうがないじゃないか！　これはオレのせいじゃないよね？

「ユータは将来、いい武闘家になるッス！」

「先生！　オレ武闘家にはならないよ？」

マッシュ先生が大げさに驚いた。

「ホラ！　ほらほら！　ねえ、ユータくんっ！　ユータくんは魔法使いよねっ」

ぴょんぴょんして喜ぶメリーメリー先生には申し訳ないけど……。

「えーとね、魔法も体術も使うんだけど……オレは召喚術士になるの！」

マッシュ先生とメリーメリー先生が、がっくりと膝をついた。

「そんな……召喚魔法もできるって、ホントだったんだ。私の優秀な魔法使いが……」

「こんなスゲー逸材が……召喚術士……動かないッス！　召喚術士、動かないッスよ！　勿体ねえ……ッス」

先生たちがざわめくのをこれ幸いと、クラスのみんなが集まってきた。

「ユータ、魔法使いなのにどうして召喚術もできるの？」

「どうやってそんなに動けるようになったの!?」

「そ、その、オレ、異国出身でしょ？　それでね——」

ええい、この際、異国設定を大盤振る舞いだ！　これで5組では気兼ねなく行動できるだろう！　躊っていじける2人の先生を放置して、他の先生もいつの間にか輪に加わって、オレの説明にふんふんと頷いている。

「なんと、小さな島国では独自の文化が開花するのが常だが、これほど魔法に特化した国を生むとは……見目《みめ》もいいし、もしや祖先にエルフ系の血が？　いや、この色はあまり類を見ない……新種の可能性も……？」

「それって私たちにも当てはまるのかしら？　もしかして食生活の影響？　興味深いわ……」

文系の先生たちには、研究対象として見られてしまいそうだ。素直に聞いてくれる6歳児たちは、自分たちも他の才能があるかもしれないと、目を輝かせていた。うんうん、可能性はたくさんあるんだから、狭めなくていいと思うんだ。


「ユータくん！　見て！　できるようになったの」

「あたしだって！」

「僕が一番頑張ってるよ！　だってできなかったの多かったじゃん！」

頬を上気させて振り返る3人に、すごいと手を叩いてにっこり笑った。ひみつ特訓は順調、

3人は一通りの基礎魔法を使えるようになった。イメージの強化を図るために呪文の解説をしてみたのがよかったみたい。これがどういう意味で、魔力をどうしていくといいのかイラスト付きで説明すると、他の魔法はできる面々だから、簡単にコツを掴んでくれた。今後もせっかく習うであろう呪文を抜きに考えていくのは難しいと思ったので、ラキ以外には呪文をベースに教えることに決めた。これなら周囲から浮いて悪目立ちすることもないだろうし、後々の詠唱省略もやりやすいと思う。

「みんな頑張ってるね～！」

オレとラキが微笑むと、3人は複雑そうな顔をした。

「頑張ってはいるんだけどねえ……それ見ちゃうと、なんだか余計に遠くなった気がするわ」

「お前らだんだん、むちゃくちゃやるようになったな……」

「わ、私ももっとがんばるよ……」

テーブルセットに座って粘土で遊ぶ……もとい、土魔法の練習をするオレたち。ラキは元々加工師を目指すくらい器用なので、土魔法と相性がいいと思って、便利魔法を色々教えている。いちいち呪文を考えるのは面倒だし大変だと思うけど、ラキには呪文がある方がいいらしい。

「大地の精よ、数多《あまた》の土よ、ここに集い、僕の望む形となれ！　クリエーション！」

なので、適当に汎用性のある短い呪文にした。この、土魔法で色々なものを作れるってことがラキの心にクリーンヒットしたらしく、彼は夢中になっている。魔力がさほど多くないので、休憩所なんかを作ることはできないけど、小物やテーブルくらいなら作れるし、しかも無駄に食器に模様を入れた、芸術的なものを作るんだ。

「ユータ、これ、加工師にとってものすごく便利なものだよ！　そこにあるものを加工するのが加工師なんだ～。ただの土、無から作れるっていうのは革命的だと思うよ～！　加工の仕上がりを見本で示せるし、加工の前に具体的に説明できるから～」

オレにとってはふうん？　だけれど、すごいことらしい。加工師のこととなると饒舌《じょうぜつ》なラキを適当に流しながら、オレも地図魔法の精度向上を目指して密かに練習している。

こういうの、いいな。みんなで努力して、少しずつ強くなって、大きくなっていくんだな。努力すること、成長すること。前世ではむしろ辛《つら》かったり煩《わずら》わしかったりしたけど、今はそれがとても愛おしく感じた。

「えー。こう振る方がカッコイイじゃん！」

『そんな大振りが当たるかっての！　空振りの方がカッコワルイだろうが！』

「そりゃ確かに」

オレたちの特訓場所から少し離れて、チュー助とタクトも特訓中だ。チュー助は短剣専門だけど、１年生に剣を教えるぐらいならできるみたい。

色々とバレてしまったけど、いつまでも隠し通せるものではないし、カロルス様みたいな規格外が時々現れる世界だからか、案外みんな受け入れてくれる。偉い人に目をつけられるのは困るけれど……もしかすると、みんなが強くなればオレはその陰に隠れることができるんじゃないだろうか？　オレは権力者に目をつけられると自由が利かなくなって困るけれど、一般的には喜ばしいことだろう、みんなの迷惑にはならないはず。そう、オレは優秀なクラスの中で埋もれる1人になるんだ！　いい方法を思いついたと、ひそかにガッツポーズをとった。


「えーっ！　どうして～？」

「俺ら3人組じゃんか！　なんでダメなんだよ！」

「いっしょがいいよ！」

3人のブーイングを受けて、メリーメリー先生がたじたじとなった。

「だ、だってぇ～3人とも優秀なんだもん！　分かれないと不公平になっちゃうの！　まだ1年生だし……優秀な子が固まっちゃうと、他の班はごはんも食べられなくなっちゃうかも！」

現在、実地訓練に向けて、班分けの最中なんだけど……。

「俺ら3人で班になるって決めてたのに！」

そう、先生はオレたちを別々の班にしようとするんだ！　実地訓練での班は、今後の仮登録に向けて大切な要素になるので、本来生徒が自分で組むのが鉄則だ。そこでうまく班、つまりパーティを組めるかどうかも冒険者にとって大切な実力だそう。

「ごめんってー！　お願いっ、今回だけ！　次までにはみんなできるようにするからぁ～！　だって初めての実地訓練で火をおこせない班とか、かわいそうじゃない！　全然戦えない班だと危険もあるし……。今回は先生たちで割り振りさせて～！」

つまり、授業での底上げ調整が間に合わず、野外活動するには不安のある班が出てきてしまったようで。手っ取り早く、優秀なメンバーをばらけさせた上で、先生が実力を均等に組み直すことになったそうだ。渋々オレたちは指定された班に分かれ、クラスは計6班になった。

「ユータちゃん、一緒の班なんだ！　うれしいな～」

「かわいい子ちゃん！　よろしく！」

「なんだよ……生意気なチビスケかよ」

オレの班だけ4人組だ。女の子2人に男の子1人。男の子はなんだか不機嫌そうだ。ただひとつ……こう言っちゃなんだけど……先生、ちゃんと均等に割り振った？　戦闘能力……皆無なメンバーの気がするんですけど!?　この頃になるとクラス内の生徒なら、大体どんな実力なのか分かってくるんだ。ラキとタクトは戦闘能力も野外活動能力もトップクラスだ。ついでにひみつ特訓している3人も次点で名が挙がるので、見事に全員が違う班になっていた。

で、この3人はというと……貴族の末端家系らしく、教養のために来ているシャルロット、学者になりたい文系アイダ、お金持ちの商家らしく、知識と人脈を得るために学校に来ているダン。3人とも普段からやる気もなければ実力もない、頭を抱えたくなるメンバーだ。

「よろしくね……がんばろうね……」

オレは若干引きつる笑顔で、3人に挨拶したのだった。

「あっはっは！　ユータの班、やばいよな！」

「バランスがとれてるって言えば、とれてるのかもしれないけどね～」

部屋に戻って堪えきれずに大爆笑するタクト。人ごとだと思って～！　今回の実地訓練では戦闘はないはずだけど、班に分かれてバーベキュー……じゃなくって野外での採取と調理を行う。最低限の保存食は渡されるんだけど、なるべく野外で食料を調達して食べるっていうのが今回のテーマだ。だから森にも入るし、魔物が出なくてもイノシシや危険な動物だっている。

あの温室育ち風メンバーで大丈夫だろうか……。

「そういえばユータは貴族さまなのにね……」

「一番温室育ちのはずじゃねえの……？」

腑《ふ》に落ちない顔をされる横で、オレは不安いっぱいの実地訓練に1人、ため息を吐いた。

「明日は実地訓練だってな〜！　先輩になんか聞きたいことない？　頼りになるよ〜!?」

部屋に帰ってきた途端に、賑やかなアレックスさん。ひょいひょいとオレとラキを抱き上げて自分のベッドへ運ぶと、なんでも聞くがいいとふんぞり返った。

「じゃあね〜、ミンス平原に出る魔物ってどんなのがいるの〜？」

「おっ！　さすが優秀だなー！　あそこは1年生向きの平原だからほとんど魔物は出ないけど、まあ基本のゴブリンはどこにでもいるとしてー、小型のE、Fランクの弱いのがちらほらってとこかな！　ホーンマウスとかクロウラビットとか」

すらすらと答えてくれるあたり、やっぱり実力は確かなんだなと少し見直した。

「あっ、それ見たことある！　じゃあ、あのあたりで危険な生き物は？」

「うーん、弱い魔物が繁殖できるぐらいだから、危険なのは少ないけどな！　山の方だと、たまに熊はいるぞ！　普通の熊！　あ、蛇のマルシは危険かな。毒あるから」

毒蛇……マムシかな？　聞く限りは、普通に日本の山奥へ行くような感覚で大丈夫そうだ。ゴブリンが群れでいたら危ないけど、学校で使う場所だから集落を作ることはないだろう。

「食べられるものってどんなのがあるの？」

「キノコ系とか野草は豊富だぞ！　あとクロウラビットもホーンマウスも食えるし、大物だったら、危ねえけどビッグピックが美味《うま》いんだよ！　食料には困らないと思うぜ！」

「お前の感覚で言ってどうする。1年生だぞ？　そうそうラビットやマウスが捕れるか。ビッグピックなんて、見たら即逃げるか隠れるかするんだぞ」

テンチョーさんが帰ってくるなり、アレックスさんをチョップした。

「てっ！　1年ってそんなもんか～じゃあ肉は諦めて野草かな？　わびしい飯だ、あはは！」

そっか、獲物を見つけること、実力を見極めて狩ること、逃げること。それに、獲物を獲《と》っても捌《さば》けなかったら料理できない……生き物の命をとって、食べる……これは大切な訓練だ。

「野草っていっても、食べられるのを見分けられるかな～？　ユータ教科書持っていく？」

「そうだね、オレは図鑑を持ってるから、それ持っていこうかな？」

「え～重いでしょ？」

「大丈夫、オレ収納……袋持ってるから」

基本的に持ち物の制限はなく、実際に冒険者になった時にその子が使うものであれば持ち込みは可能なので、便利アイテムを持っている子は重宝《ちょうほう》される。貴族の子なんかはすごい重装備で、馬車を伴って来たこともあるらしく……個人の自由ではあるけれど、他の子の迷惑になる場合は別行動をとってもらうそうだ。そもそも貴族の子はあまり参加しないのだけどね。収納袋は基本的に高価なものなので、一般家庭の子どもが持っていることはほとんどない。だから、「小さい収納袋」ということにしよう。図鑑がなんとか入るぐらいってことでいいかな？　もちろん使うのは収納魔法だ。布団を持っていったりはしないから、大丈夫。

「そういうところは貴族なんだね～！　収納袋があるなんて羨ましいなぁ！」

本当は、貴族なのはカロルス様で、オレは居候《いそうろう》なんだけどね！　とりあえず収納袋に見立てた、ちょうどいいサイズの袋を探しておかなければ……。

◆◇◆◇◆

「みんな！　昨日は眠れたかな!?　わくわくしすぎて眠れなかったんじゃない？　いよいよ、いよいよだねー！　ドキドキしてる？　してるよね!!」

落ち着かない先生が、そわそわとあっちへ行ったりこっちへ来たり。一方の1年生は緊張しているものの、早朝の出発のためにまだ半分寝ているような子も多くて、先生のノリにはついていけてない。外はまだ暗い……6歳児にはなかなかハードな訓練だな。隣でタクトがかくんとなるのを見ながら、下りてきそうなまぶたをこすった。

「みんな元気出して行くッスー！　目ん玉しっかり開けないと、魔物が来たらヤバイッスよ！」

「若者たちよー！　しゃっきり起きて！　そんなんじゃ途中で食べられちゃうぞー！」

先生たち、いや主にあの2人は無駄に元気だ……ツィーツィー先生なんて今にも倒れそう。

「さあ！　みんな行くよ！　しゅっぱーーつ！」

それぞれの担当の先生に従って、各クラスはばらばらに出発した。同じ平原だけど、広いからクラスごとに別の地点を利用するんだって。獲物の取り合いでケンカになったりしないように配慮されているらしい。タクトたちと分かれると、オレも自分の班の元へ駆け寄った。

「おはよ～！　眠いね……今日は頑張ろうね！」

「ユータちゃん！　おはよう！　ドキドキするわね～ちゃんとついてくるのよ？」

「学者は朝早いからね！　私はこのくらい平気だよ！」

「…………」

若干1名、船を漕《こ》いでいるのが気になるけど、とりあえずみんなに続いて歩き出した。

学校も街も後方の彼方に見えなくなり、周囲が明るくなる頃、気付くとメンバーが1人足りない。

「あ、あれっ？　シャルロットは？」

「うーんと……あそこにいるね！」

慌てて振り返ると、かなり離れたところに突っ立っているシャルロット。な、何してるの!?　ここ外だよ!?　慌てて駆け戻ったら、普段のお澄まし顔が台無しの、むっすりしたお顔だ。

「ロッテ疲れた。もう歩けない」

ええーー⁉　そんなに歩いてないよ！　先生！　先生はどこ⁉　気付けば歩くのが遅いオレたちが最後の班で、前の方で先生のはしゃいだ声が聞こえる。魔物避けの香木《こうぼく》を焚《た》いてはいるけど……置いていかないで⁉

「ガキども、さっさと歩け！」

最後尾を歩く、雇われ冒険者に追いつかれてしまった。いかにも面倒そうな顔で追い立てようとするけれど、シャルロットは頑として動かない。どうして急に6歳児になったの！　お姉さんぶってた君はどこ行ったのー！

「はぐれたガキまで面倒みれるかよ。魔物なんていねーんだ、さっさと来い」

チッと舌打ちすると、冒険者はなんと先に歩いていってしまった！　ええー⁉

「シャルロット、ここにいたら怖い魔物が来るよ？」

「だって、足が痛いの。歩けないの」

うう……困った。でも、ふと気付いた。オレにとっては大した距離じゃないけど、普段馬車で移動する貴族の子には相当な距離だ。本当に疲れて痛くて、歩けないのかも。

「見せてくれる？」

きゅっと唇を結んだシャルロットは、頷いて靴を脱いだ。

「ああ……これは痛かったたね。頑張ったんだね」

小さなお人形のような足には、痛々しい靴擦《ず》れがあちこちにできていた。かわいそうに、我慢していたんだね。そっと回復薬をかけると、数滴できれいな足に戻って胸を撫で下ろした。

「痛くなくなった……」

「これ、痛くなったらちょびっとかけるといいよ。すぐに治るからね」

回復薬の小瓶を渡して、手を取った。

「じゃあ、ちょっと頑張って走れる？　みんなに追いつこうね」

「うん……もう痛くないから大丈夫よ！」

少しはにかんだシャルロットは、オレを引っ張って走り出した。ああ、そんなに走るとまた靴擦れが……オレは少しだけ回復魔法を流しつつ走る羽目になった。

「あらっ？　アイダは？」

戻ってみると、今度はアイダがいない！　ええいもう！　レーダーを駆使すると、近くの草むらにしゃがみ込んだアイダを発見した。

「アイダ！　危ないから離れちゃだめだよ！」

「ちょっと待って！　これ、このあたりでは珍しい種類の苔《こけ》だぞ。今採取するから……」

慎重に採取しようとするアイダと、どんどん離れていくクラスのみんな。そんな時間ないよ！

「岩ごと持っていけばいいよ！　収納袋に入れてあげる！」

返事を待たずに岩の一部を土魔法で抉《えぐ》り取ると、収納に放り込んだ。

「かわいこちゃん……君、便利だな！」

感心するアイダを引っ張って、なんとか最後尾へ戻った。ふう、と一息吐いたら、今度はダンが突然くるりと進行方向を変えた。

「ちょ、ちょっと！　どこ行くの？」

「うるさい！　俺の勝手だろ、こんなのやってられるか！　来たくないって言ったのに……」

ブツブツ言いながら、どんどんクラスから離れていく。

うおお……6歳児ぃーー!!　頭を抱えたくなりながら追いかけつつ、女子2人に声をかける。

「そのままクラスから離れずに歩いてね！　アイダが離れないように、シャルロット、手を繋いでいて！　アイダ、シャルロットは足が痛くなっちゃうから気を付けて見ていてね！」

「分かったわ！」「任されよう！」

よし、互いに監視作戦だ。頼むよ！　オレは俯《うつむ》いてずんずん歩いていくダンに追いすがった。

「ねえ、どうしたの？　危ないよ？」

「ついてくるな！　俺は帰る！」

6歳児が勝手に外を歩く危険を分かってないのだろうか……とにかく、これ以上離れてはダメだ。ぐいと腕を引いて歩みを止めた。

「離せ！　俺は魔除《よ》けを持ってるんだぞ！　危ないのはお前だけだ！」

魔除け？　魔物避けってことかな？　そんな便利アイテムもあるんだと感心しつつ、そうは言っても1人で帰すわけにはいかない。

「どうして帰りたいの？　前を見て。遠いでしょう？　今から1人で帰るのは大変だよ？」

「……おなかすいた。疲れたんだよ……俺は冒険者になんてならないんだから、行かないって言ったのに……おじさんが……」

顔を上げたダンは、一面に広がる平原に、ピタリと抵抗をやめた。ああ……本当に「僕もう帰る！」のノリで歩き始めたんだな……。ぐずり出しそうな雰囲気に慌てて収納袋を漁《あさ》ると、ダンの目の前に差し出した。

「おなかすいたら元気なくなるよね！　これ、美味しいよ～食べてみて」

おやつのクッキー、前にたくさん入れておいてよかった……。じっとクッキーを見つめたダンが、匂いをかいで、ほんのちょっぴり齧《かじ》った。躊躇《ためら》いながら小さな口に運ぶと、途端に目を見開いた。

「美味しい！　もうないのか？」

「まだあるよ！　でも残りはみんなで分けっこしよう？」

「よし！　戻るぞ！」

みんな、かわいいな。すっかりご機嫌で走り出したダンを見て、オレは密かに笑った。

「――っ!?」

気配に驚いたけれど、これくらいなら大丈夫かな。みんな出てこないでね。さっとダンの前に回ったオレは、草むらから飛び出したサッカーボール大のものを蹴り飛ばした！　このくらいの大きさならオレの体術でも対応できる。ラピスたちが出てくると大事になるから、可能な限りオレ自身で切り抜けたい。

「えっ、何……？」

きょとんとしたダンに、さらに飛びかかる別の影。

『主ぃ！　抜かないの？』

チュー助が叫ぶけれど、オレは鞘に入れたままのナイフと短剣を構え、次々にやってくる小さな影を叩き落とした。

「なに……なんだよ……？」

「モモっ！」

状況を把握できないまま怯えるダンが、勝手な方向へ行っては困る……！

『オーケー！　おチビちゃんは任せて』

ぽよんと飛び出したモモが腕の中に飛び込むと、ダンがきょとんとして抱き止めた。

『シールド！』

一瞬、淡い光の膜がダンを覆った。

「えっ……？　コレ……魔法？」

「そのスライム、オレの召喚獣なの。簡単なシールドが使えるんだよ。なんだかここ、ネズミが多いみたいで危ないから、走ろっか！」

「えっ……スライム……シールド？」

飛びかかるネズミを蹴り飛ばしつつ促すと、ダンの頭にハテナが浮かんでいた。でも、今はとりあえず走って欲しい。シールドがあればネズミの攻撃くらいは防げるけど、ランクの高いのが来たら危ない。左右から来たネズミを、くるっと回転しつつ横薙ぎに一閃《いっせん》して、呼びかけた。

「早く着いたら、クッキー1枚おまけするよ～！」

ダンの目がキラっと光った。わけも分からず、とにかくクッキーのために走るダン。オレはそのすぐ後ろを駆けながら、飛びついてくるネズミを叩き落としていく。なんでこんなに襲ってくるのかな？　弱い魔物だから、あんまり襲ってくることはないって図鑑にあったけど。

しんがりの冒険者を追い抜く頃には、ネズミは襲ってこなくなった。魔物避けの香が効いているからかな？　クラスの最後尾に着くと、今度はシャルロットもアイダもちゃんといた。

「お待たせ〜！　大丈夫だった？」

「うん！　アイダったら、すぐどこかへ行こうとするんだもの……目が離せないわ！」

「ロッテは私を引っ張っていくくせに、足が痛いって言い出すから心配だよ」

うん、２人はセットでお互いを見守っていてもらおう。とりあえずオレは倒したネズミを集めておかないと、大きな魔物や熊が来たら厄介《やっかい》だ。血を流さないようにはしたけど、あんなにエサをばらまいた状態は危険だろう。

「ユータ、走ったぞ！　クッキー！」

「あっそうだね。はい、みんなもどうぞ。元気が出るおやつだよ！　これお水。オレちょっと離れるから、前の班から離れないでね？　みんながいなくなったら、オレ、迷子になっちゃうよ？」

「仕方ねえな！　ちゃんとついてこいよ！」

「これ美味しい！」

クッキーと共にすこーしだけ生命魔法を流したお水を渡して、その隙に後方へ走る。オレの班はモモが守ってくれるだろう。空気の読めるモモなら、臨機応変《りんきおうへん》に対応できるはずだ。

——ネズミ、出てこなくなったの。

「ホントだね～あんなにいたのに。ラピス、ティア、倒したネズミ、みんなで集めてくれる？」

はたき落としただけで、倒していないのも多かったと思ったんだけど、絶命していたのは12匹。はっきりとオレの手で魔物の命を奪ったのは、これが初めてだ……。血の臭いを撒《ま》き散らさないことはもちろん考えたのだけど、本当は刃物を抜きたくなかった気持ちもある。獲物にとって、撲殺《ぼくさつ》と斬殺《ざんさつ》になんの違いがあるというのだろう。そこにあるのはただ、オレの覚悟の甘さだ。

ネズミを集めて収納に入れると、一息吐いて走り出した。覚悟が足りなかった。でも、平和な国で生活していた時ほどの抵抗感はない。次からは大丈夫、オレも食物連鎖の一環であるこの世界で、甘い気持ちでは通用しないと気を引きしめた。

「ただいま～！」

『こっちは異常なし、よ！　おつかれさま』

モモがぴょんと飛んで、オレの腕から肩によじ登った。ダンは少し残念そう。モモの声がみんなに聞こえたら便利なのに……どうやら召喚獣の声（？）は、オレにしか聞こえないらしい。

「なあ、あっちにいっぱいいいた黒いの、なんだったんだ？」

「あっちにいたのはネズミだよ～！　なんであんなに来たんだろうね？」

「ネズミ？」

首を傾げたシャルロットに、これだよ、と1匹取り出して見せた。

「きゃっ！　これホーンマウスじゃない！　魔物よ!?　魔物がいたの？」

うん、ネズミの魔物。でもネズミより大きくてツノが生えているぐらいで、別に魔法を使ってくるわけでもないし、動物と大差はない。

「なんかいっぱいいたんだよ。獲ってきたから食べられるかな？　でもオレ捌けないんだ……」

「でかした！　君ってやつは本当に便利だな！　ウチの班の昼飯は豪華決定だ！　捌くのは私に任せて！　学者を目指す者が解体できないわけないだろ？」

ふんふ～んと、鼻歌スキップを始めたアイダ。そっか、アイダは解体ができるんだ！　すごいな！

「ホーンマウスって結構美味いんだよな。あんな速いの、お前、よく獲れたな！」

ダンも嬉しそうだ。ネズミの死骸《しがい》を前にしてこの反応、この世界の子どもは逞《たくま》しいな。それにこれは君を狙ってたよ？　よかったね、食べる側になれて。お嬢様系のシャルロットはさすがに死骸に近づかないけれど、美味しいと聞いて喜ぶあたり、日本では考えられない光景だな。

ちなみにしんがりにいた冒険者の男は、本当に何もしないし何も見ていない。退屈だったのか剣の手入れをしながら歩いていて、前すら見ていない。ネズミに襲われたのだって気付きもしていないだろう。もしこれが他の班なら……大惨事だったと思うよ？　腹が立ったので、歩く先にこそっとくぼみを作っておいた。

「うごっ⁉」

見事に引っかかって、地べたに転がった冒険者に、内心ガッツポーズ。

『ユータ……イタズラはほどほどにね？　他の子が真似するわよ？』

モモに怒られてしまった。そうか、イタズラはもっとバレないようにやろう。


「はーい！　みんなよく歩きましたねー！　ここで一旦休憩！　朝ごはんも食べてないからお腹が空いたでしょ？　保存食しかないけど配るからね、何か持ってきた班は食べていいよ！」

休憩、と聞いて安堵の空気が広がった。相当辛かったのか、へたり込む子もいる始末だ。

「みんなだらしないな！　俺たち、もっと歩けるぞ」

「そうね！　早く目的地に行って落ち着きたいわ」

ダンとシャルロットの変わり身の早さは、見習うべきものがあるかもしれない……。

「えっと……みんな揃ってる……ね。やっぱりユータくんと同じ班にして正解だったね！　君ならなんとかなるような気がしたんだ！　何事もなくて本当によかったよ！」

保存食を配りに来た先生が、とんでもないことを言った。何事もありましたよ⁉　先生、ちゃんとオレたちのこと気にかけてくれてた？　オレのジットリした視線を感じた先生は、そそくさと離れていった。しまった、色々と報告しようと思ったのに……。あとでちゃんと知らせておかないと。

「うわー、保存食ってこれか。お腹空いたのに……」

オレの手元を覗き込んだダンが、ガッカリした声を上げた。保存食は雑穀《ざっこく》を固めた板みたいなものだ。一生懸命カシカシしている子どもたちが健気だ……。

「しばらく休憩するみたいだし、ウチの班はお料理しよっか！　アイダ、捌くのお願い」

「よしきた！」

キッチンセットを出したら目立つので、土魔法で簡易かまどと調理用のスペースだけ確保した。まずはお鍋にお湯を入れて保存食を柔らかく煮ていこう。

「鍋……どこから？　それにこれ、お水じゃなくて熱湯が入ってるのね？」

シャルロットは首を傾げながら、お鍋を掻き混ぜている。オレは火加減を見つつ、解体を待つ間に野草を集めて回った。簡単に見つけられるのは、ティアがいるからこそだね。

「できたぞ！」

アイダに見事に解体されたホーンマウスは、鶏肉っぽい雰囲気だ。ぶつ切りにすると、表面に焼き目をつけてから保存食の鍋に入れた。塩で味をととのえ、お肉に火が通ったら刻んだ野草を入れて……卵がないのが残念だけど、これでホーンマウスの雑穀雑炊《ぞうすい》、完成だ！

「いい匂い……」

「美味そう！　あちっ！」

「なあ、私は君を嫁にもらいたいよ！」

アイダ、君がもらうのは婿だ。そして嫁っていうのは、お世話係じゃないよ？

ホーンマウスは鶏肉と豚肉を合わせたような味で、ぷりっとした食感がとても美味しかった。

まだ11匹分あるから、何に使おうかな？　はふはふ言いながら夢中で頬ばっていると、気付けばオレたちに視線が集中して……ごめん……昼食は大きい鍋で作るよ……。

「あれ、これホーンマウス？　どうして魔物が？　持ってきたの？」

「先生、オレたち、ホーンマウスに襲われたんだよ？」

匂いに釣られてやってきた先生に、ここぞとばかりにさっきの出来事を訴えた。

「なんですって!?　冒険者がいたでしょう!?　どうしてユータくんが仕留めたの！」

メリーメリー先生は飛び上がって驚くと、見たことのない険しい顔をした。

「先生、あの人、何もしてくれないし、私たちを置いていったのよ！」

「なんですって……!?」

先生が去ってしばらくして、遠くでバリバリ！　と電撃の走る音が聞こえた気がした……。

今回1クラスについている冒険者はおおよそ5名。クラス担当の先生1人が先導するため、前後左右に分かれて全体を守っているはずだった。

「ごめんね……！　ユータくんがいてくれて本当によかった……後ろの冒険者の人は、違う人に代わってもらうからね！」

まだぷりぷり怒りながら、どこからか戻ってきた先生が謝ってくれた。

「はい、みんなー！　ここからテント設営地の森に入るからね！　ぎゅっと小さく固まって歩くのよ！　森は危ないから慎重になること！　何かあったら近くの冒険者さんに言うことー！」

先生の言葉に合わせて、周囲の冒険者たちが手を振って存在をアピールした。先生の近くにいる1人が焦《こ》げているのは、多分気のせいだと思う。これからオレたちは、森へ入ることになる。森といっても、以前俺が彷徨ったトーツの森と比べたら、お散歩コースみたいなものだ。

「悪かったね、冒険者がいたのに襲われるなんて。ギルドに報告しておくよ。それで、君たちがホーンマウスをやっつけたんだって？　なかなか見所があるじゃないか！　大きくなったらウチのパーティに来るか？　ははっ、君らが大きくなる頃には俺は引退かな？」

うん、代わりに来てくれた冒険者さんはよさそうな人だ。

「おじさんは何ランク？　さっきの人と同じパーティじゃないの？　あの人ったら、足が痛いって言ったのに、置いていったのよ！」

「おじさん……」

シャルロットに言われて切ない顔をするのは、まだ25歳やそこらの若者。6歳からすれば大人はみんなおじさんだよね……そうだけど、そうだけど……。小首を傾げるシャルロットには、微塵《みじん》も悪意はない。

「あ、ああランクね。俺はDだよ、あのサボリ野郎は確かFとかEじゃないかな？　安全な依頼しか受けないで、ちまちまランクを上げるソロのヤツだ。全く、冒険者が聞いて呆れるよ」

「じゃあ、お兄さんは危険な冒険をするの？」

「ちっこいボウズ、もちろんだぞ！　でもな、危険なことをするのが冒険じゃないぞ。いいか、自分の実力を知り、身の丈にあったことをするのが――」

いい人だけど話が長そうだ。ふんふんと適度に聞き流して、お昼ごはんのメニューなんかを考えながら歩いた。一通りの調味料や料理に使う物品はいつも収納に入ってるのだけど、さすがに出したら変かな？　でも、小麦粉ぐらいなら……。

「おなかいっぱい！　美味しかったね！」

「うん、昼飯も楽しみだ」

随分と食事を楽しみにしてくれているみたいだし、期待に応えなきゃね！　そういえばなんとなくオレが作る雰囲気になっている気がするけど、みんなは作らないのだろうか……。

「でな、俺が冒険者になって間もない頃にな――」

「スゲー！　おじさんカッコイイ！　俺もやってみたい！」

いつの間にか意気投合《いきとうごう》しているダンと冒険者さんを横目に、木漏《こも》れ日の中を進む。あたりは既に視界の開けた平原から、木々の生い茂る森へと変わっていた。

魔物避けをしていても、レーダーにちらほらと魔物や動物の存在が引っかかるようになる。さすがに全方位が開けた平原と違って、森は魔物や動物が多いし、魔物避けも効きにくくなるみたいだ。空気はしっとりと水気を含んで、足下は心持ち柔らかい。学校で使う場所なので道ができているし、オレにとっては森林浴を楽しむお散歩コースに思えるけれど、他の子にとっては危険な森だ。徐々に会話が減り、息を潜めるようにして身を寄せている。漂う緊張感は、まさに小動物の群れのようで、人も生き物としての本能があるんだな……なんて、オレは人ごとみたいに感心していた。


「きゃっ！　ちょっとこれなに!?　ベタベタじゃない！」

「あっ、おい！　俺になすりつけるな！」

「ユータ、あの木の上にあるのなんだ!?　取ってきてくれないか？」

「……なあ、なんでお前らだけそんなに騒がしいんだ？　普通、森の中は警戒《けいかい》しつつ静かに進むもんだぞ……？」

なんででしょうねぇ……オレの班の人たちには、本能や危機察知能力が備わってないようで。この子たち、冒険者志望じゃなくてホントによかった。ちゃんと自分を分かってるじゃないか……。

「それで？　お前は自分だけは違うって顔しながら、何やってんの？」

オレ？　オレは食材を集めているだけだよ？　ティアの協力を仰ぎながら、主にキノコ類をせっせと収穫して歩いている。アレックスさんの言った通りだね、ここは食材が豊富で、これなら野営をしても食事に困ることはなさそうだ！

「――っ！　あ……」

反射的に持っていたナイフを一閃してしまい、慌てて「それ」を隠した。採取に夢中なオレに飛びかかったのは、蛇？　思わず仕留めたけど、誰にも見られてないよね？

「……お前……。それ、マルシ……大物……」

今度の冒険者さんは、ちゃんとお仕事をしていたようだ。ちょっと考え、にこっと笑った。

「はいこれ！」

「はい？」

手渡した蛇に、冒険者さんがきょとんとした。意外と大きい。オレの腕ぐらいの太さで、2m近くあるんじゃないだろうか。普段プリメラを見ているので、ミミズくらいに思えるけど。

「すごいねー！　冒険者さん、マルシ仕留めたんだ！　大きいね～！」

「えっ……？　お前、何言って……」

「わあーホントだ！　でっかい蛇とってる！」

「スゲー、やっぱりおじさんスゲー！」

冒険者さんはきらきらした瞳に囲まれ、蛇をぶら下げて混乱している。

「えっ？　俺……？　えっ……？」

「ユータくんっ！　また何かあったの⁉」

今度は素早く駆けつけた先生が、マルシと冒険者さんを見て、ホッと安堵の表情を浮かべる。

「よかったー今度の冒険者さんはちゃんと動いてくれるのね！　その調子でお願いしますね？」

「へっ……ははははいっ！」

冒険者さんがだらだらと滝のような汗を流しながら、こくこくと頷いた。よかったね、余計なことを口走って電撃天誅《てんちゅう》をもらわなくて。オレは冒険者さんと視線で密約を交わした。


日がてっぺんを過ぎて、子どもたちが緊張と疲れでへとへとになってきた頃。

「はいっ到着ー！　ここが今回の目的地です！　ここで各班、お昼ごはんを調達するんだよ！　何も捕れなかったら、また朝と同じ保存食1枚だからね！」

「別に、朝と同じでもいいよな」

「あれは美味かった。私も賛成！」

「むしろあれが食べたいわ！」

絶望の声が響く中、ウチの班は呑気《のんき》なものだな。食材集めにしても、オレが調理をしている間にうろうろされては困る。だから鍋のシャルロット、解体のアイダ、えーと……野草を洗うダン。そんな役割を振っておいた。食材や獲物探しはあとで一緒に行こうね。

せっかくだからバーベキューしたいけど、ホーンマウスのお肉しかないから却下だ。

「「ユータ！」」

呼ばれて振り返ると、ラキとタクトが満面の笑みで巨大な鍋を抱えていた。

「何、そのでっかいお鍋！　どうしたの？」

「昼飯、保存食でまたアレやるんだろ？　オレらのも渡すからさ、大鍋で作ってくれよ！」

「このサイズの鍋なら大丈夫でしょ～？」

それ作ったの、ラキだね。シンプルながらも美しいアラベスクのような模様が刻まれた……無駄に美しい大鍋だ。

「いいよ！　まとめて作っちゃおうか」

……キラリ。方々で瞳が光った気がした。

「うちも！　うちのも入れてくれ！」

どっと押し寄せる子どもたち。わ、分かったから！　そもそもお昼は大人数用で作るつもりだったし、どーんと来いだ！　結局、まるで魔女のお鍋みたいな大きな鍋に、全員分の保存食をぶち込んで雑穀雑炊を作る羽目になった。

「あ、あの……先生の分、入れてもいい……？」

いいですとも！　もう冒険者さんの分も全部入れちゃっていいんじゃない？

なぜか楽しそうに大鍋をぐるぐるするシャルロットを監視しつつ、素早くキノコを切って入れる。いいだしが出るといいな～！　アイダにどんどんホーンマウスを解体してもらって、骨とお肉の一部を雑炊に、残りは一口大のぶつ切りにして塩胡椒《こしょう》と小麦粉をまぶす。収納袋で持ってきたんですよーって言えるくらいの少量の油をフライパンに広げると、どんどんお肉を揚げ焼きにしていった。味付けはシンプルだけど、鶏肉より旨みがあるからきっと十分美味しいよ！　森の中にじゅうじゅうといい音が響き、香ばしい香りが立ち込めた。

せっせと唐揚げ職人をやっていて、ふと気になった。すんごくいい香りだけど、これはまずいよね……いや、味じゃなくて状況が。そよそよ～っと気付かれない程度に風を流し、いい香りを上空へ流しておいた。あー勿体ない。

「風が……せっかくのいい匂いが消えちゃった……」

幸せそうな顔で鼻をひくひくさせていたダンが、切ない顔をする。いい香りで誤魔化していた分、腹の虫が限界を訴えだしたようで……。

「腹減ったな……俺もなんか食うもの探してくるよ！」

今にも走り出しそうなダンを引き留めた。いやいや……君が何かのおやつになってしまいそうだから！　とりあえず一旦軽く揚げ終えて、食べる前にもう一度揚げようかな？　もう新たな食材がなくても十分だと思うんだけど、雑炊の方はもう少し時間をかけて煮込む必要があるので、ダンの気を紛らわせるためにもあたりの散策をしよう！　何よりオレも行きたいしね。

「ねえ、このあたり散策してきてもいい？　お鍋を任せられる？」

「いいよ！　私休憩したいし」

「私も、解体頑張ったから、ちょっと休憩するよ」

食料とメンバーの安全のために、モモとウリス、火の番にエリスを残して、オレたちは意気《いき》揚々《ようよう》と森の中を散策した。

「いい香りー！　いろんないい香りがするね！」

「いい香り？　草と土の匂いしかしないけどな？　どっちかというと湿っぽくて臭《くさ》いぞ！」

うん？　そうか、もしかしてこれは、魔力の香りを感じているのかもしれないね。フェリティアほどじゃないにしろ、魔力を香りとして放出する草花とか、結構多いのに勿体ない……。

じゃあ、このほわほわ漂う妖精のなり損ないみたいな光も見えないんだな。蛍《ほたる》というよりは光る綿毛のような、意思のないささやかな魔力の塊《かたまり》。ふわふわ漂って、フッと溶けるように消えてしまう……幻想的でとてもきれいだと思ったのに。ルーのいるトーツの森とは違った、穏やかな雰囲気。太陽の光もよく届いて明るく、魔物よりも動物の気配が多くて嬉しくなった。

「あ、ダン、フォリフォリがいるよ！」

「どこ……あ！　いた！」

ドングリみたいな木の実を両手で持って、こちらを警戒している小動物。ダンが一歩足を踏み出すと、大きな目でじいっとこちらを見て、身を翻して逃げていってしまった。一瞬、嫌な匂いが鼻を掠《かす》めた気がしたけど、ほどなく森の香りに掻き消されていった。

「行っちゃった。あの実は食べられるやつかな？」

「シイの実じゃん、ツイてる！　そりゃ食えるよ、香ばしくて美味いぜ～！」

どうやら食べられるらしい。ダンと一緒に、ぷっくりしたドングリみたいなシイの実を拾い集めた。ドングリ拾いなんて懐かしいな。木の実を集めたりするのって、どうしてこんなに夢中になるんだろうね？　しかもこれは食べられるときたら、楽しくないわけがない！　ついつい、オレたちは無言になるほど、シイの実拾いに熱中した。

――ユータ、あの子は助けた方がいいの？　もうすぐ危ないの。

えっ？　なんのことかと意識をシイの実から離すと、気付けばレーダーにはたくさんの魔物の影。いつの間にやら、結構森の奥の方まで来ちゃってたな……。なんだか先ほどの嫌な香り……嫌な気配が強くなっている気がする。周囲の魔物はどれも弱いので、オレにとっては危なくないけど……でも、どうやら標的はダンの方らしい。

「ダン！　戻るよ‼」

あんまりオレが魔物を倒しても心配されるし、また冒険者さんが焦げちゃうかもしれないので、魔物に出会う前に冒険者さんと合流しなきゃ。

「えっ？　まだいっぱいあるぞ？」

「早く帰らないと、昼ごはん食べられなくなっちゃうよ！」

「ええっ⁉　そんな時間⁉　今すぐ帰ろう……帰り道どこ？」

君ってヤツは本当に生存本能（？）の薄い……商人さんだって旅をすることもあるだろうに、大丈夫なのかな？　まあ大店《おおだな》の息子なら、店舗を構えて動かないのかもね。そんなことを思いつつ、オレも地図魔法がなかったら迷子だろうけどね。便利な地図魔法があることに人知れず得意になりながら、ダンを引っ張って森を走った。追いかけてくるのは、多分小物数匹と、少し離れてゴブリン2匹。誰もいなければ、ラピス部隊の「薙ぎ払えー！」の一言で済むかもしれないけど、ここではそうはいかない。大事な森だし被害は最小限にしたいよね。

「ちょっ……お前、早いっ、はぁっ……はっ……」

これ以上はダンが限界だ。近くの冒険者さんまであと10m弱ってところか……。

「冒険者さーーん！　こっち来てーー！」

声を張り上げて、息も絶え絶えのダンに回復魔法を流しつつ引っ張っていると、なんとか声が届いたらしい。駆けつけてくれた冒険者さんは、あのおじ……お兄さんだ。

「どうしたっ⁉　あ……お前、あのちっこいボウズ！」

「あのね、後ろから何か来てる気がするの。えーとね、虫っぽいの2匹とトカゲっぽいの1匹とうさぎっぽいの2匹。あとゴブリンも2匹いるような気がするの！」

「……随分具体的な『気』だな……」

「気のせいかもしれないけど、お願いしまーす！」

「えっ……それ全部いっぺんに来られると、オレ、結構困るっていうか……」

この人は剣士さんだ。確かに同時に多数相手では、討《う》ち漏らしが出るのだろう。とりあえず冒険者さんがしんがりを務めて、一生懸命に走った。

「ユータくんっ！　さっき君の声がしたみたいだったけど……？」

「先生！　この冒険者さんがね、魔物が来てるから逃げろって教えてくれたの！」

「はっ？　お前っ……！」

「本当に!?　何が来てるの!?」

キッと見上げられて、冒険者さんがへどもどした。

「えっ？　えっ、いや、その……俺じゃなくて……！」

「嘘なの!?」

先生の気配がピリッとした気がする。冒険者さんがシャキッと背筋を伸ばした。

「い、いえっ！　た、多分虫とかうさぎとかトカゲっぽいのが！　あとゴブリンも！　多分！」

「偵察《ていさつ》ありがと！　どうしてそんなに……急いでみんなを集合させて、冒険者を集めっ……！　サンダー！」

草を掻き分け、巨大なアリが飛び出した瞬間、先生の電撃が走った。柴犬ほどもあるそのアリは、全身を硬直させると、丸まって動かなくなった。

「せやっ！」

次いで飛び出したもう1匹を、冒険者さんが剣で受け止め、蹴り飛ばした。続く袈裟《けさ》切りで、ごろりとアリの頭が落ちる。

「おおー！　先生もおじさんもカッコイイー！　行け行けー！」

大喜びするダンに思わず気が抜ける……。その余裕っぷり、きっと大物になるよ……。

「ダンくん！　行くのはあなた！　早く設営地に戻りなさい！」

４人で戻ってきたはいいものの、レーダーでは方々から魔物が集まってきている気がする。

「みんな！　集合して！　緊急時行動をとりなさい！　集合はここの真ん中！　急いで！」

１年の緊急時行動は「迅速に、外側を向いて小さな円陣を組んで集合」だ。授業で散々練習はしたけれど、使うはずではなかったのに……不安に顔を歪めたクラスメイトが、一斉に設営地の中央に集合する。ええと、お鍋の火は消しておかなきゃね。

あの嫌な匂い……気配は、もはや決して気のせいではないレベルで、粘るように纏《まと》わりついて設営地に漂っている……もしや、この気配が魔物を呼んでいる……？　これの根源は……。

「ねえダン、何かいつもと違うもの持ってない？」

「？　違うものって？」

爆発的に強くなっていく「それ」は、もはや疑いようもなく、ダンから吹き出すように溢れていた。

「うーん……そこ、胸元だ！　それ何？」

「えっ、これは魔除けのお守り……そういえば全然効いてな……ユータ⁉」

一刻も早くそれを止めないと！　むしり取るようにダンのネックレスを奪うと、むわっと嫌な感じが伝わり、ぞぞっと総毛立った。うわぁこの感じ、呪いっぽい……？　それなら、浄化《じょうか》だ！

「浄化、浄化！」

シュッシュッシュー！　うん、スプレー式で十分対応できそうだ。1プッシュごとにネックレスから感じる嫌な気配は小さくなり、やがて消えた。

「ついでにシュッシュ！」

「わ!?　なんだこれ？」

ダンにも消臭……じゃなくて抗呪《こうじゅ》スプレーを噴霧《ふんむ》して、これで大丈夫だろう。

「魔物が来るっ！　魔法を使える子は円陣の外側に！　冒険者は1匹も魔物を通さないで！」

「魔物っ……!?」

「やだ……怖いよ！」

6歳児たちに落ち着けと言っても無理な話だろう。先生が得意な魔法は雷撃、威力は高いけど、かなり範囲の狭い攻撃魔法だ。冒険者は魔法使い1人、あとは剣士っぽい人たち。先生や彼らがこの程度の魔物に負けはしないだろうけど、この人数で討ち漏らしなく倒しきれるかどうか……ホーンマウス1匹でも、6歳児の中に飛び込んでしまえば下手すれば大怪我《けが》だし、何より怯えたみんながバラバラに逃げ出すだろう。そうなればもう守れない。そんなことになるならオレもラピス部隊も動くけれど、できれば避けたいところだ。うまく補助だけして目立たずにやり過ごせないかな。早くなんとかしないと、せっかくの雑炊が冷めちゃうしね！

「先生！　オレ土魔法得意なの！　手伝ってもいい？」

「ユータくん……ここは任せてって言いたいけど、君はすごい魔法の才能があるもんね。君ができることをしてくれる？　無理はしないで！　ちゃんと先生がみんなを守るから！」

先生はいつものように華やかな笑顔を浮かべた。筋骨逞しい冒険者の中に混じる、子どもみたいな先生。でも、その小さな背中は誰よりも頼もしく思えた。

オレたちが走って戻った方向からは、既に魔物の先陣が到達し、戦闘が始まっている。小さな魔物たちなので苦戦はしないが、取りこぼしが怖いため、冒険者は先陣へ集まってしまう……そうすると他が手薄になるんですけど……。でも、冒険者たちは、あちこちから魔物が向かってきていることを知らない。やっぱりあの作戦でいこう！

「先生！　魔物があちこちから来てるって、あの人が言ってた！　オレ、壁でここを囲むね！」

「えっ!?　う、うん……土壁を作ってくれるのね！　助かるわ！」

よし、許可をもらった！

「みんな、土の壁でここを囲むよ！　びっくりしないでね？」

ぺたっと地面に手をつくと、オレお得意の土魔法工作だ！　オレたち生徒の周囲を囲む壁、つまり屋根のない部屋を作って、そこから細い廊下を延ばす。廊下には冒険者が戦いやすいように一部広いスペースも作って……。しっかりイメージを固めつつ、魔力を流した。

ズズズズッ！

まるで地面の下を魚が泳ぐように、オレの思い描いた部屋を形取って土が盛り上がっていく。

「うわ、うわ、うわあっ！」

「なっ⁉　なんだこれ！」

「ゆゆゆユータくんっ⁉　何してるのかなっ」

壁を作るって、ちゃんと言ったよ？　冒険者と先生が慌てふためいているけど、あんまり動くと弾きとばしそうだから、じっとして欲しい。ドドドッと波のように生える土壁で、ついでに魔物を吹っ飛ばしながらオレたちの要塞《ようさい》……じゃなくて土壁が完成だ。

「先生！　ここに入って！　冒険者さんも入って！」

ぽかんとしていた先生たちが慌てて廊下に駆け込んできた。魔物も入っちゃうから、とりあえず入り口は閉めちゃうね。

「……助、かった？」

「ユータくん……魔力量が多いのは知ってたけど、大丈夫？　えっと……器用、だね……」

先生はどことなく呆然とした様子で、オレを撫でてくれた。

「あのね、今入り口を閉めてるけど、これじゃ出られないし、魔物が登ってくるから、どんどん倒さなきゃいけないの。この広間から廊下は一直線になってるから、先生の魔法が使いやすいでしょ？　真っ直ぐに魔物が並んできたら便利かなって思ったんだ」

「あ……これ、この形なら私1人で守り切れる……土魔法ってこんなことができたんだ……」

「じゃあ、オレたちお部屋で待ってるね！」

「う、うん……救援信号も飛ばしたから、応援も来ると思うわ、もう大丈夫よ。……うん、あとは任せてちょうだい！　ユータくん……！　ありがとう！」

徐々に現状を把握して、先生は安堵の表情を浮かべて大きな瞳に涙を溜めた。

「じゃあ、いりぐち開けるよっ！　……えいっ！」

入り口を塞《ふさ》いでいた土壁が崩れると同時に、壁に取りついていた魔物がなだれ込んできた。

「引きつけてから雷を撃つわ！　討ち漏らしがあれば頼むわね！」

「了解！」

先生の余裕の表情に、冒険者たちの顔も明るくなる。ここは大丈夫そうだね。

「ユータ、お前、相変わらずむちゃくちゃやるなあ……」

「どうして？　土壁だったらラキもできるよ？」

「僕ができる壁はベッドぐらいの範囲だよ～こんな……要塞はできないからね！」

「そう？　オレ、魔力だけは多いからね」

「魔力が多かったらできるもんか……？」

そりゃあできると思うよ？　ただの壁だし。ただ、この部屋は念のため屋根代わりにモモがシールドを張っている。周囲を囲まれたことで安全と思えたのか、クラスのみんなも少し肩の力を抜いた様子だ。そうだ、ごはんがまだだったね！　お腹が空いていたら元気も出ないね。

＊＊＊＊＊

「サンダー！　どうっ？　何枚抜き!?　私ってカッコイイわ！」

「なあ先生……」

ピクリ、とメリーメリーの肩が震えた。

「……なんでしょう？」

「すっげーいい匂いが……後ろから漂ってくる気がしてならねえんだけど」

「…………気のせいです」

「そ、そうかな……」

気のせいに決まってる！　魔物の群れに襲われながら呑気に昼ごはんを食べる1年生がどこにいると……先生の脳裏《のうり》には、はーいここに！　と元気に返事をした、かわいい黒髪の生徒が浮かんだけれど。

私のごはん……先生はちょっぴり泣きそうになりながら、何度目かの雷撃を放った。

＊＊＊＊

「これうまーー！」

「おいしいっ！」

「どんどん揚げていくよー！　雑炊は各自でよそってね！」

せっかく準備していた食事がお預けのままなのは勿体ない。どうせ暇なんだし、今のうちに食べちゃおう！　そんなこんなで、オレは給食係をしている。本日のメニューは雑炊と、二度揚げした唐揚げ。唐揚げは足りなくなりそうだったから、急遽先生たちが倒したホーンマウスを何体かこそっと拝借《はいしゃく》してきた。先生のサンダーが直撃したやつは消し炭になってたけど……。

「なあ、オレら魔物に囲まれてたと思うんだけど。んっ！　これめっちゃうめー！」

「これでいいのかな～。あつっ！　おいし～！」

釈然としない顔をしながら頬ばるラキとタクト。いらないなら食べなくていいんだよ？

既に呪いらしきものは打ち消したので、魔物は今いる分を退治すればそれで打ち止めだ。最後の1匹が倒されたのを確認して、ゆっくりと廊下部分の土壁を崩していった。

「えっ？　壁が……！」

「先生、もう大丈夫そうだから壁は片付けておくね！　みんながビックリするから、お部屋だけはまだ残しておくよ」

「そ、そう？　あっ、私のごはん……じゃなくって！　みんな無事⁉　大丈夫？」

「おー先生！　これめっちゃうまいよ！　大丈夫、先生のもあるから！」

「ホントっ⁉　やったー！」

冒険者さんたちのジットリした視線をものともせずに、オレたちの輪に入った先生が、バクバクと食事を貪《むさぼ》った。いっぱい魔法を使ったからお腹も空くよね～！　だ、大丈夫、冒険者さんたちにもちゃんと残してあるから！　そのよだれ拭いて！

「う、うめぇ……！」

「野外でこんなうめえもん食えるなんて……」

泣かんばかりに喜んでがっつく様子に、作った甲斐《かい》があったとオレは満足して頷いた。

「おおぉーーい！　どこッスかー！　無事ッスかあーー！」

レーダーと共に、遠くから徐々に近づいてくる大声が耳に届いた。あ……この声は。

「なんッスかこれ？　こんなもの、以前はなかっ……？」

ひょいと覗き込んだのは、思った通り、マッシュ先生。そして、大きなお口で唐揚げを頬ばったところでバチっと目が合ったらしく、メリーメリー先生が、ピタリと止まった。

「…………」

「…………」

マッシュ先生の視線はしばし唐揚げに注がれ、ついっとメリーメリー先生に移った。

「……救援信号を受けて、来たんスけど」

もぐもぐもぐ……ごっくん。

「あっ……あのっ、これは違うのっ！　誤解なのっ……！」

先生は、サッと自分のお皿を背後に隠した。


「――っていうワケでね！　大変だったんだから！　ホント大変で！」

「……へぇー……そッスか」

チラッと唐揚げと雑炊を見ながら、胡乱《うろん》げな眼差しを送るマッシュ先生。

「これは、その、いっぱい魔力を使ってお腹空いて……いい匂いで……ちょっと食べてみて！」

「んむっ……!?」

マッシュ先生が、光速で口に突っ込まれた唐揚げに目を白黒させた。あっ……!?　メリーメリー先生！　自分の唐揚げ使ってよ！　どうしてオレの皿から取るの！

「う……っまぁー!?」

「でしょでしょー！　ほら、こっちもすんごい美味しいんだから！　まあまあ、どうぞどうぞ！」

「え？　いいんスか？　いやいやー参ったなー」

そんなことを言いつつも、こちらも光速で差し出されたマッシュ先生の手。その大きなゴツイ手に、すかさず雑炊の椀が渡された。あー！　それもオレの！

「うまー！　美味いッス！　なんでこんな美味いもん食ってんスか？　実地訓練って、くそマズイ保存食に耐える訓練だと思ってたッスー！」

「なんと、これも保存食をベースに作ってあるのよ？　すごくない？　ね？」

「すごいッス！　たまんねーッス！」

すっかり興奮した２人に、背後から遠慮がちな声がかけられた。

「……あのー……俺らどうしたら……？」

覗き込むのは、数名の冒険者。そっか、マッシュ先生が冒険者を連れてきてくれたんだね。

……もぐもぐもぐ……ごっくん。

「「えーと、その、これには事情があって……」」

サッと後ろへ手を回し、先生２人の行動は見事にシンクロした。

「ふうん、これが魔物寄せの呪いがかかってたネックレス？　ユータくんって、なんでも持ってきてるのね。すごく助かっちゃったけど、解呪薬なんて珍しいものどうして持ってたの？　勿体ないとは言えないけど、そんな高級薬を使っちゃったのね……。あー、弁償《べんしょう》って言われたら……私の給料じゃ買えないよね……」

暗い影を背負って、えへへと笑う先生。だ、大丈夫、弁償なんて絶対いらないから。一応あのネックレスのことは先生に話して、浄化は解呪薬があったのでって話にしておいたんだ。

オレの初めての実地訓練は、こうしてなんとか無事に？　終えることができたけど、なんだかすごく大変だった気がするよ……主に魔物が出てくるより前のあたりが。今回の実地訓練で外の世界と魔物の恐ろしさを知った生徒たち……のはずなんだけど……。

「実地訓練って、案外大丈夫なもんだな！　今回は色々あったけど」

「そうね、今回限りのつもりだったけど、これならまた参加してもいいかもしれないわ」

「フィールドワークに美味い飯付き！　最高じゃないか！」

一部に不安な発言をしている生徒が……。君たちは、将来冒険者にならないんだよね!?　どんな雰囲気か分かったし、もういいんじゃないかな!?　少なくとも次はオレ、一緒じゃないからね？

5章　3人の秘密基地

「……なんですと？　ウチの子が魔物寄せを⁉　よくぞ無事で！　よかった……。厳しい世界も経験した方が、と言われて参加させたんですが、もうこれきりです。いやはや、先生たちに任せて正解でしたな！　私どもが連れていったんでは、共倒れになっていたかもしれません。で、その魔物寄せになっていたものとは……？」

「はい、こちらのネックレスのようです。たまたま貴族の子が解呪薬を持っていたので助かりました。その子がいなければどうなっていたか……」

「そうですか……。何かお礼をせねばなりませんね。このネックレスは見覚えがありませんな。こちらでも調べさせていただきます。このたびはとんだご迷惑を――」

　メリーメリー先生が立ち去ったあと、ダンが呼ばれた。

「ダン、このネックレスはどうしたんだ？　私は見覚えがないぞ？」

「これは、おじさんが魔物除けだって言ってくれたんだ。あのおじさんは？　魔物除けだなんて……俺、ユータがいなかったら死んでたかも……」

「……そうだな。普通は解呪薬なんてあるもんじゃない、お前は運がよかった。運がいいってのは商人にとって大きな素質だぞ！」

「そう？　俺、立派な商人になれるかな！」

「なれるとも！」

喜んで退室するダンを微笑ましげに見送ると、ダンのパパさんは緩んだ頬を引きしめて、問いかけるように側近に目をやった。

「あの男は既に行方をくらませています。呪いの品は店で購入したようですが」

「店員もグルか？」

「いいえ、店員は通常通りに『魔寄せのネックレス』として販売しておりました」

――どうしてダンがあのネックレスを持っていたのかが気になって、少し罪悪感を感じつつ、パパさんたちの会話を聞かせてもらった。よかった、パパさんは、ダンのことを大切に思っているみたい。やっぱりその謎の従業員らしい「おじさん」がアヤシイ人だね。でも、本当にダンを狙ったのだろうか？　こう言っちゃなんだけど、ダンに危害を加えるのはとても簡単だ。あんなことをする必要があるだろうか。


「こんにちはー！」

「いらっしゃ……あの時の！」

サッと顔色を変えた店員さんが、オレに駆け寄って上から下まで眺めた。

「だ……大丈夫、なんだね!?　よかった……あれから見かけないから、もしかしてと思って気が気じゃなかったよ……」

以前、セデス兄さんと一緒に訪ねた呪いグッズ販売店の店員さんは、ちゃんとオレのことを覚えてくれていたみたいだ。そう、今日はあのネックレスが気になったので、購入先のお店に来てみたんだ。

「無事で何よりだよ。それで、今日はどうしたの？　何かご入用《いりよう》かい？」

「あのね、この間『魔物寄せのネックレス』って見たんだけど、あれって普通に売ってるの？」

「ああ、この間売れたところなんだよ。あれは珍しい品だから滅多になくてね、貴重なものだから普通には売っていないよ。欲しかったのかい？」

店員さんは全く悪びれることなく話している。その様子を見るに、魔物を引き寄せて人を襲わせる以外の正しい使い方があるのだろう。

「魔物寄せって、どういう時に使うの？」

「そりゃ訓練か稼ぎたい時だろう？　立ってるだけで魔物が寄ってくるんだから、大儲《もう》けさ」

ああ、なるほど！　ちゃんと魔物を倒せる実力があれば、便利グッズになるわけか。

「でも、魔物寄せの呪い自体は作れないからね。だから貴重なものなのさ。使いどころを間違えれば大惨事だしな！　知ってるだろ？　魔物寄せのせいで一夜にして滅んだっていう村の……」

何、その都市伝説みたいなお話！　すごく興味あるけど、今はぐっと堪える。

「魔物寄せは作れないの？　作れないのに、どうして売ってたの？」

「そりゃ、ダンジョンとかで出土するからだよ。呪晶石ってのがたまーに見つかることがあってな、それを元に作るんだよ。坊やも一攫千金《いっかくせんきん》狙いで探してみるか？　見つけても素手で触るなよ～呪われて死んじゃうからな！　ま、あんまり触ろうと思わない雰囲気のようだがね！」

ダンジョン！　なんてわくわくする響き！　いつかオレも……そう、行かねばならない！

『ユータ、今はそっちじゃないわ』

そうだった……。それで、そんな貴重な魔物寄せのネックレスを、わざわざ購入して……なんでダンに？　魔物寄せのネックレスについては分かったけど、どうしてダンに？　という肝心なことは分からないままだ。

「色々教えてくれてありがとう！　オレも欲しいな！　この間買ったのはどんな人なの？」

「ははっ、坊やにはまだ早いな！　実力がなければただ魔物のエサになりに行くだけだぞ。この間買った冒険者なんてAランクだったからな！　さすが、格が違うって雰囲気だったよ！君のお兄さんもハンサムだけど、もっとこう……クールな美形だったたな」

確かにセデス兄さんは、クールとは真逆の人だ。へえ、ダンがおじさんって言うからもっと年配の人かと思ったけど、若い人なんだな……。

オレは今、アリスからの緊急連絡に頭を悩ませている。すっかり忘れていたけど、ダンのパパさんがロクサレンに来ているらしい。事情を伝えたいけどアリスはカロルス様とお話ができないからなぁ。

『ゆうた、チュー助なら人と話ができるわ。ただ、ラピスが連れていけるかどうかだけど……』

あっ！　そうか、チュー助だけは普通に人と話せるんだ！　俺様の出番？　とばかりに飛び出したチュー助が、シャキーンとポーズをとった。

——大丈夫なの、チュー助は「物」だから、ラピスは連れていけるの。

『……うんそう……俺様、ただの短剣、だから』

「そっか……！　それは頼りになるなぁ！　チュー助、お願いできる？」

しんなりと項垂れたチュー助を慰めるように、柔らかな毛並みを撫でてお願いをすると、へちょっとなったおヒゲとお耳が持ち上がり、しっぽがぴんっと真っ直ぐになった。

『アイアイキャプテン！　俺様頼りになる男！』

シャシャシャシャキーンっとエアで決めた技は、ネズミじゃなかったら格好よかったかもしれない。

「ユータ！　遅かったな！」

「ごめんね！　ちょっとバタバタしちゃった」

今日は3人で待ち合わせて、内密に色々と計画を立てなければいけないんだ。

「それで？　めぼしい場所は見つかった？」

「おう！　ちょっと治安は悪いけどな、裏通りの方にいいとこあったんだ！」

「こっちだよ～！」

2人に案内されて裏通りを進むと、だんだん人がまばらになり、さらに進むと、開墾《かいこん》しようとした跡地だろうか、数棟の山小屋みたいな廃屋《はいおく》があり、荒れた土地が広がる場所に着いた。

「へえ……確かにここならよさそうだね！」

「ここまで来たら、人がいないからガラの悪い人も来ないよ～！」

「で、どこにする？」

早く早くと急《せ》かすタクトに促されるまま、目立たない小屋を選んでそっと中に入った。

「わ～、崩れそうで怖いね～！」

「ホントに崩れちゃうかもしれないから……モモ！」

『ええ、シールド！』

「……本当にシールド張ってる……スライムが……」

モモのことは説明したけど、やっぱりスライムがシールドを張るのは珍しいのかな？

「よし、じゃあ取りかかってくれ！」

タクトはまるで監督だ。腕組みして厳しい視線でオレたちの作業を見つめている。

「あ、そこは椅子とテーブルがいい！　こっちは簡易ベッドにしようぜ！」

はいはい。監督の指示通りにオレが土魔法で部屋を作っていき、ラキが職人芸を披露した。

ラキはさほど魔力が多くないので、休み休み頑張ってくれている。

「ふう～。ユータ、君はどれぐらい魔力があるんだろうね……ちょっとおかしいよ」

「そう？　メリーメリー先生は同じぐらいって言ってたね！」

「先生より多いんじゃねえの？　そんな気がするぜ！」

「森人の先生より多いって、もう人じゃなくない～？」

2人は勝手なことを言いつつ、できたてのテーブルセットでくつろいでいる。オレは小屋の内部をそのまま土で覆うようにかたどり、崩壊を防ぎつつ外観は廃屋に見えるようにした。

「よーし、とりあえずの形は完成だね！」

「よっしゃー、オレたちの秘密基地ー！」

「秘密基地～！」

３人でハイタッチを交わして、狭い秘密基地内を駆け回る。もう外側と中は全くの別物だ。ボロボロだった中身は一掃して、頑丈な土や石で作られたがらんどうの部屋。あるのはぽつんと置かれたテーブルセットと固いベッド。なんとも殺風景《さっぷうけい》だけど、オレたちにはどんな城よりも素敵な内装に思えた。そもそもは、気兼ねなくフェアリーサークルで移動するための小屋のつもりだったんだけど、いつの間にかノリノリの２人のお陰で秘密基地になってしまった。２人にはフェアリーサークルのことを言ってもいいかなぁ？　そのうち秘密だってことを忘れて色々やってしまいそうだから、２人にはなるべく打ち明けたいと思ってるんだけど……。

「なあなあ！　冒険者をやり出したらここで作戦会議してさ、おやつとか持ってきてさ！」

「売らない素材とか、ここで保管できたらいいよね！　僕の作業スペースを作ってくれる？ここを工房にして獲ってきたばっかりの素材を好きなだけ加工して……！」

「みんな……じゃなくて、召喚獣たちも連れてきてね、のびのび過ごすの！　そうだ、ここで秘密の特訓とかしちゃったりするのもいいな！　こっそり強くなるの！」

「「それいい!!」」

やっぱり秘密特訓はいいよね！　オレたち３人パーティの秘密特訓、いいじゃない！

「うーん、でもこのスペースで特訓は難しいよね……」

「ユータって優秀ポンコツで規格外じゃん？　もしかして地下空間とか作れちゃったりして？」

「あー、タクト、そんなこと言ったら～……」

オレはぽん、と手を打って瞳を輝かせた。なるほど、それはいいアイディアだ！

「あ～～やっぱり」

「げー……できちゃうんだ……」

なんでそんなドン引き反応なの？　森にお城を作るより簡単そうじゃない？

「やったことないけど、土を取り除くだけじゃないの？　そんなに難しいのかな？」

「取り除いた土をどこにやるの～？　それに、適当にやったら崩れちゃうんじゃないの？」

うーん、崩れないようにしないといけないってとこが難しいよね。取り除いた土は収納に入れておけばいいかな。あとは訓練できることが条件だから、広くて柱のない空間が欲しい。

「ちょっとどんな風にしたらいいか、考えてみるよ！　危ないから少し離れていてくれる？」

「分かった！」

「ユータは大丈夫～？」

「自分の魔法で生き埋めになったりしないよ、大丈夫！」

……たぶんね。とりあえず2人は離れた上で、モモについてもらって安全を確保した。

さて、とりあえず地下に下りる道を掘り下げつつ考えよう。崩れなくて頑丈で柱がない……

そうだ！　イメージが決まると、一気に土を動かしていく。余分な土を取り除きつつ、一部はぎゅうっと圧縮して固い石に変化させ、空洞の内側を覆った。床も石の方が頑丈かな？　とにかく頑丈に、中で魔法の練習ができるぐらいにしよう。

「ふう……さすがに、疲れたぁ～！」

――ユータすごいの！　1人でこんなことできる人間知らないの！

「ありがと！　大工さんならできるかもしれないよ？　これなら魔法を使っても大丈夫かな？」

――ラピスが試してみるの！

ドゴーーーン!!

止める間もなく、ど派手な爆発と共に一気に押し寄せた爆風で、ちっちゃなオレの体が吹っ飛ばされた。ま、まあ炎の渦とかじゃなくてよかったかな……オレはくるくると回転すると、叩きつけられる前に壁を蹴って無事に着地した。

「もうっ！　ラピスー！　あぶないでしょ！」

――ここにはユータしかいないの、危なくないの。

オレだって危ないんですけど！　それに、作ったばっかりでいきなり崩壊するところだよ……。もうもうと舞う土煙《つちけむり》が収まったところで確認すると、爆発があった部分の壁が崩れているものの、他に被害はなさそうだ。これなら人間の魔法で壊れることはないんじゃないかな？　壊れた箇所もオレが手を当てて土魔法を使えば、ほら元通り。なんて便利！

「ユータ！　ユータ！　大丈夫か⁉」

「何があったの〜⁉」

オレを呼ぶ声で見上げると、出入り口にした縦穴の上から２人が顔を覗かせていた。

「だ、大丈夫！　あれはちょっと……その、魔法使っても大丈夫か試しただけだよ！」

「お前、一体どんな魔法使ったんだよ……」

「ま、まあまあ、それよりできたから見にきて！　階段用意するからね」

とりあえずざっくりと土の階段を作って、２人が下りられるようにした。

「ほんっと器用なヤツだな……なんでもありじゃん」

呆れた顔で下りてくる２人が、地下に広がった空間に、今度こそぽっかり口を開けた。

「どう！　この広さなら訓練できるでしょう？　さっき頑丈さも確かめたから大丈夫だよ！」

柱のない頑丈な地下空間、大きなトンネル型だ。アーチ状にすることで強度を上げられるかなって思ったんだ。四角の石造りの部屋でもよかったんだけど、これだとイメージしやすくて、どんどん延ばしていけるから広げやすい。側道なんかも作ると楽しいかも。

「お前……この、ホントにデタラメなやつめ〜！」

痛い痛い！　タクトに拳で頭をぐりぐりされて、抗議の声を上げると、今度はラキが、オレのほっぺをむにっと両手で引っ張った。

「いらい！　らんでひっぱうの！」

べしべし叩いて抗議すると、ぱちんと手を離された。

「あり得ねー！　あははは！」

「ウソだよね～！　こんなのってないよ～！　わぁ～！」

両手を広げて楽しそうに走り回る2人と、両手でほっぺをもみもみしながら不満たらたらのオレ。2人とも……喜んでるんじゃないか。どうしてオレはこんな目に？

『ここなら誰にも見られないし、私も特訓できるわね！』

えっ？　モモも特訓するの？　思わず、嬉しげに揺れるモモを見つめた。ドラゴンのブレスを突き抜けて、アッパーカットを叩き込む桃色スライム……いいかもしれない。

『何考えてるか知らないけど、それ多分違うから！　私が得意なのは「守ること」だけよ、他なんてできないんだから』

「そっかぁ……。でも普通はスライムって、シールドも使えないって言ってたよ？」

『私は普通じゃないもの。元々の特性を引き継いでいるのよ、私は元々何だった？』

「亀の亀井さん！」

『……いつ聞いてもかわいくないわ。そう、亀よ！　シールドは私の甲羅《こうら》の代わり。簡単よ、私の宿主のあなたならきっと使えるわ。練習しなさい？』

「ホント!?　やった！　シールドってカッコイイもんね！　オレ練習するよ！」

やったやったとぴょんぴょん喜ぶオレに、２人が胡乱げな眼差しを送った。

「なんかまたやらかしそうな予感……」

「最近やらかす頻度《ひんど》が増してるよね～」

失礼な……とも言いづらい。確かに２人にはもう何もかもバレたって、別にいいやって気持ちでいるから、あんまり隠してないもんね。だって将来一緒に冒険するなら、どうせ色々バラしていかなきゃいけないし！　そう、小出しにして慣れてもらってるんだよ！　……多分ね。

「ここで特訓なら、俺はもっぱらチュー助と訓練だな。ユータたちは魔法の練習？」

「模擬戦とか必要だったら、オレも相手になれるよ！　モモがシールドの練習をしたいらしいから、攻撃するのもアリだって言ってるよ」

「お前とやったら俺が怪我しそうだ。モモは万が一当たったら……死んじゃったりしない？」

「んーと……大丈夫だって！　常にシールドを張って、その上からシールドの練習するって」

「なんだよ……その無駄に高度な練習」

「僕は加工の技術を磨きたいな。でも魔力量も増やしたいから魔法の練習もがんばるよ！」

へえ、魔法の練習をしたら魔力量が増えるのか……運動したら体力が上がるようなものかな？

「そっか～じゃあオレは、モモと一緒にシールドの練習と、転移の練習もしたいな！」

にこにこしながら意気込みを語ったら、２人が呆れた視線を寄越した。

「また変なこと言ってる……」

「それも普通じゃないから～。ホントにユータはそういうトコ、ぽんこつなんだから～」

ど、どういうこと？　何がだめなの？　オレも魔法の練習をしようと思ったのだけど……。

「どっちも超高難度だよ～！　転移とかすごく素質がいるし、それ専門で生きていけるよ～！」

そうなのか……そういえば転移は、それで仕事をする人がいるって言ってたな。隠密さんって実はすごい人だったんだな。執事さんもシールドが使えるし、さすがだね。

「でも、やってみようって頑張るのはいいことでしょう？」

「ユータはそう言ってできちゃいそうなところがね～常識外れっていうか～」

「そうそうないよな！　優秀ぽんこつってさ！」

努力することも、できるようになることも、とてもいいことのハズなのに、どうしてそう悪いことみたいな言われようなんだろうか。オレは腑に落ちない顔で唇を尖《とが》らせた。

「ユータちゃーん、ご機嫌なおせー！　ほーら！」

タクトがひょいっとオレを持ち上げ、高く掲げてくるくる回った。

「うわっ!?　タクト！　オレ赤ちゃんじゃないから！」

あっはっはと笑う子どもに振り回されるのは、結構怖い！　そりゃあオレの体は小さいけど、タクトだってまだ6歳なのに……。

鍛えると、その分力が強くなるこの世界は不思議だ。けど、この世界ではその必要があるからなのかもしれない。オレをがっちりと支えるまだ細く小さな手を感じながら、少し切なく思った。

『主ぃー！　優秀な仲間が帰ってきたぜ！』

お互い目を回して座り込んだところで、チュー助が賑やかに帰ってきた。そういえば、カロルス様のところに行ってもらったことをすっかり忘れていた。

「ありがと！　どうだった？」

『えーと……カロなんとかが美人に怒られてたけど、なんとか話を合わせて対応できたと思うぜ！　そんでカロなんとかとピリピリ怖い人も、「おじさん」を調べるって言ってた！』

カロルス様、またエリーシャ様に怒られたのかな？　まあ無事にやり過ごせたようでよかったよ。「おじさん」について調べてくれるなら心強い。……ピリピリ怖い人って誰だろうね。

「そっか、じゃあひとまず安心だね！　チュー助ご苦労様！　ラピスもありがとうね！」

『いいってことよ！　いつでもこの忠助の兄貴を頼りな！』

おヒゲをピンと上向きにして腕組みするネズミ。得意満面でふんぞり返るさまに、つい両手でわしゃわしゃと撫でくり回した。

『これ、俺様……褒められてる？　それともいじめられてる？』

両方かな！　柔らかな短毛と温かい体を満足行くまでわしゃわしゃしたら、おヒゲまでボサボサになった毛並みを、きれいに撫でつけてあげた。

『あ、これはいい。うん、これならいい』

満足気な表情になったチュー助が、とすんと人間のようにオレの肩に腰掛けた。ネズミの姿なんだからもっとネズミっぽくしたらいいのにと、オレはくすくす笑った。

＊＊＊＊

「おう、足取りは？　何が分かった？」

「分かったのは、Ａランクを名乗る男が、商人のところで護衛として働き出したこと、魔物寄せを買って、商人の息子に渡したあと街を出たこと。街を出てからは、近隣のどこにも立ち寄っていないこと」

「なんだ……ほとんど何も分からんじゃねえか」

「うるせえ！　俺は追跡と潜入が専門だ！　その野郎が見つかってからが俺の仕事だろうが！」

「しかしどこにも立ち寄っていないとなると、野盗《やとう》の一派か？　しかし、行動の意味が分からん」

「野盗にしちゃ腕がいい。Aランクを名乗ってもおかしくない腕だったようだ。そんな実力があんのに盗賊なんかやらねえだろ」

ふと何かに気付いたスモークが、さっと窓際へ転移した。

ノックと同時に入ってきたのはマリー。スモーク……相変わらず苦手なものには敏感なヤツだ。

「おう、お帰り！　どうだ？」

「足取りを掴むのが困難です、普通の人物ではありませんね。相当な実力者で、商人の護衛として信頼を得ていたようです。夜に1人で出歩くことがある以外、不審な点はなかった様子で、常識的なことを知らないなど、国外の者である可能性があります」

「そうか……今のところ子どもに魔物寄せを渡したこと以外、おかしなところはないな」

「あとはここに来るまでの情報がなさすぎることが、不審なぐらいでしょうか」

「それも、国外から来たのなら無理もないことかもな。他国で罪を犯して逃げてきた輩《やから》かもしれん、引き続き可能な限りの情報を集めるとするか」

不審な人物の狙いは分からないが、ひとまずユータとの関連はなさそうだとホッとした。最近はこちらへ帰ってくる回数が減って、エリーシャが嘆《なげ》いているからな……そんな危険人物が関わっているとなると、突撃しに行きかねん。全くあの野郎、何やってんだろうな……もう少しマメに戻ってきてもいいと思うんだが。

手を離れた途端に、みるみる成長してしまうようで、俺は目を伏せて微《かす》かに笑った。

＊＊＊＊

『こうよ、甲羅に籠《こ》もる時と同じよ！　シールド！』

モモ……オレは甲羅に籠もったことなんてないよ……。オレたち3人＋αは、今日も地下の秘密基地に来ていた。そしてオレはどうやら指導には向いてなさそうなモモと一緒に、シールド魔法の習得を目指して頑張っている。モモが言うには、オレはモモの魂を共有しているから、絶対にできるはずなんだって。そう言われても……シールドって一体何でできてるの？　ちょっとイメージしにくいんだけど……。ちなみにラピスも感覚派なので、いつも「シャッとして、ぴゅっとやってどーん！」みたいな説明だ。分かるような分からないような。あとは体で感じて覚えろ！　ってヤツだね。そんな説明でも通じるのは、やっぱり従魔だからか……。

――モモのシールドを触って確かめてみたらいいの。

シールドって、触って何か分かるもの？　首を傾げつつ、モモのシールドに手を触れた。

「わあ……なんか不思議。うん、モモの魔力を感じるよ」

『これをもっと練習して、自在に形を変えたり、もっと固く強くしたいのよ！』

「へえ～すごいね！　頑張ったらドラゴンの一撃も防げるかな？　これ、オレの魔力を通せそうだけど、やってみてもいい？」

『いいわよ！　ゆうたなら大丈夫』

ほのかに温かいような、不思議な感覚の膜。これは魔力の塊なんだろうか？　シールドに魔力を流すと、すぐさまモモの方へ流れたのを感じる。

「あれ……？　これ、モモと繋がってる……？」

『そりゃあ、私がシールド張ってるんだから、そうじゃないの？』

これ、ナイフに魔力を通す時と似ている？　空間に魔力を通すみたいなイメージ……かな？

「んー。……シールド！」

ふわっとオレの体から魔力が拡張して、オレを中心とした半径1ｍほどの球となって留まった。

『ほら、できたじゃない！　簡単でしょ？　これでゆうたも甲羅ができたわね！』

モモが嬉しげにふよんふよんと伸び縮みした。おお、これがシールド……ホントだ、モモのお陰で簡単にできちゃった。強度がどんなものかは今度確かめてみよう。……ラピスには頼まないけどね！　２人にはいつ話そうかな、頑張ってできたことにしないと、またあのじっとりした目で見られそうだし。

「ニヤニヤしちゃってどうしたの～？」

それぞれ離れて練習していたんだけど、魔力切れらしいラキが戻ってきて座り込んだ。ギリギリまで魔力を使ったのか、かなり怠《だる》そうだ。

「なんでもないよ！　色々便利なことを思いついたんだ。ラキ、大丈夫？」

「うーん、ちょっとやりすぎちゃった～。ここで寝ていたいな～」

言うなりぱたりと床に寝転がって目を閉じた。魔力切れはしんどいからね……オレだとティアに分けてもらったりできるんだけど……。魔力回復の薬もあるらしいから、授業で早くやってくれないかな？　それにも生命魔法飽和水を混ぜたら、効き目が強くなるのかな？

「あーー疲れた！　チュー助容赦《ようしゃ》ないし！」

『タクトは覚えが悪い！　ユータを見習え！』

「あんなの見習えるかよ！」

賑やかに帰ってきた1人と1匹（？）はどさりと腰を下ろすと、仰向けにばたりと転がった。

「あー床がひんやりして気持ちいいー」

「みんなお疲れ！　喉《のど》渇いたんじゃない？」

ぐったりした2人に、よく冷えた生命魔法入りのお水を渡した。

「あーお前、便利。超便利」

「おかしいなー？　すっごく冷たくて美味しいよ」

なんだかんだ言いつつ、一気に呷《あお》ってぷはーっと一息吐いた2人。顔色が少しよくなったのを確認して、目の前にちゃぶ台を出すと、お水のおかわりとクッキーを並べた。ガラスの器とか作れるようになったら、夏場とか涼《すず》やかなのにね。何もかも茶色い器だとちょっとなぁ。

「……クッキー、どこから出てきたの？」

「お前さ、今は収納袋持ってなくね？」

「えっ………」

全然関係ないことを考えていたオレは、言い訳も浮かばず沈黙した。まあいいか……いつか言おうと思っていたし、収納魔法を使える人はそこまで珍しくないから。

結局、妖精魔法の空間倉庫であるとは言わずに、普通の収納魔法ってことにした。オレは魔力量が多いから、たくさん収納できるってことで納得してくれた。2人は鋭いなぁ……小出しにしていこうと思うのに、どんどんバレちゃうから、ちっとも小出しにならないじゃないか。

「何考えてるか知らねえけどさ、それ絶対俺らのせいじゃないから」

「うん、多分だけど、それユータのせいだから」

オレまだ何も言ってないのに……。またもやじとっとした視線がオレに集中したのだった。

◆◇◆◇◆

窓の外はそろそろ薄暗く、だんだん文字が読みにくくなってきた。オレは、高い位置にあるランタンを灯すのが面倒で、ライトの魔法を浮かべて手元を照らした。部屋のベッドで1人、ぼんやりと調合の教科書を眺めていると、テンチョーさんが帰ってきたようだ。

「おかえりなさい！」

「ああ、ただいま。珍しいな、ユータ1人か。……お前は相変わらず魔力の無駄使いだな……」

呆れた顔でランタンに火を灯すテンチョーさん。珍しいかな？　最近は出歩いたり、みんなと一緒にいることが多かったもんね。先輩2人は積極的に冒険者ギルドで依頼を受けているので、日中は大体部屋にちらっと寄るだけで、あとは夕方か寝る時しかいないんだ。

「うん、ラキは1人でゆっくり加工の道具を見たいって行っちゃった」

「ああ……お前たちがいると騒々しいからな」

「オレは騒々しくないよ！　それはタクトだよ！」

「そうか……？　お前がいると厄介ごとが増えそうだけどな」

ふう、とベッドに腰を下ろしたテンチョーさんが、珍しくごろりと横になった。いつも遅くまで起きているのに、もう寝るのかな？　どことなく意気消沈した様子に、少し心配になった。

「お仕事疲れたの？　大丈夫？」

「ふ……ユータは、私の奥さんか何かか？」

ベッドから飛び降りて、テンチョーさんの頭をそっと撫でると、目を閉じていたテンチョーさんが苦笑して目を開けた。大丈夫だ、とオレの頭をがしがしと強く掻き混ぜると、頭の後ろで腕を組んで目を細めた。

「ユータは優秀だけどな、その分気を付けるんだ。自分が大丈夫でも、他の人は大丈夫でないこともある。他の奴のレベルをきちんと把握する責任が……私にあったのかもしれないな」

自嘲《じちょう》気味に呟いたテンチョーさん。依頼で同行者に何かあったのかな……でも、テンチョーさんはいつもソロか、他のパーティに臨時で入っている。そんな人がパーティのレベルを把握して他の人を気にかけられるだろうか。でも、理屈じゃないんだろうな……何があったのか知らないけど、辛いことだったんだろう。

「テンチョーさんはいつも、できることをいっぱいに頑張ってるよ」

そっと微笑んで、小さな両手をテンチョーさんの両頬に添えた。冷たい頬に、オレの高い体温が移っていく。

「……ちっこい手だな。子どもは体温が高いって本当だな」

目を伏せて黙っていたテンチョーさんが、ふいにオレを抱き上げると腹の上に着地させた。オレもう赤ちゃんじゃないのに、重くない？　オレよりだいぶ大きいとはいえ、まだまだ成長途中の彼の体は、それでも意外なほど固くオレを支えた。

「ふむ、柔らかいな」

テンチョーさんは無心にオレの頭を撫でたりほっぺをむにむにしたり、ちっちゃな鼻を摘まんでみたり。これってアニマルセラピー的な……？　なんかすっごく犬か猫になった気分なんですけど……。ただ、若干不本意だけど、ユータセラピー？　は効果があったようだ。心持ち陰りの消えた顔で、テンチョーさんが微笑んだ。

「ふふ、家にいたミーコを思い出す。久々に帰るかな」

ねえ、それって妹とかじゃないよね？　テンチョーさん一人息子だもんね。やっぱり猫じゃないか！　と不満げなオレの頬をむにっと潰《つぶ》すと、テンチョーさんは朗《ほが》らかに笑った。

「あー！　テンチョーなにしてるの！　俺というものがありながらー！」

騒々しい音を立てて帰ってきたアレックスさんが、テンチョーさんのベッドへ乗り込んだ。

「うるさい！　お前はもう4年だぞ、もっと落ち着きを持て！」

「俺はじじいになってもこうなんですー！　俺まだ4年生！　テンチョーに甘えたーい！」

けらけら笑いながら俺を持ち上げると、どすりと遠慮なくテンチョーさんの上に腰を下ろし、自分の膝の上にオレを乗せた。

「重い！　どけろ！」

「重くなーい！　俺細いから！」

アレックスさんに遠慮の文字はない。足まで浮かせて全体重を腹にかけている。いくらテンチョーさんが鍛えてるからって、それ大丈夫？　内臓、出ちゃわない？　アレックスさんの体はほかほかしてオレよりあったかい。そして長めの髪からはぼたぼたと水滴が滴っている……。

「あっ!?　アレックス！　風呂入ったらちゃんと髪を乾かせと！　布団が濡れる！」

ぐんっと体が振り回されて、気付けば立ち上がったテンチョーさんの小脇に抱えられていた。アレックスさんはぶん投げられて、自分のベッドに頭から突っ込んでいる。テンチョーさん……魔法使いなのに、思ったより力持ちだ。

「ちょっとテンチョー！　もうちょい俺を優しく扱ってよ！」

ブツブツ言いながら起き上がったアレックスさんの顔面に、トドメとばかりに大きなタオルを投げつけると、テンチョーさんはくすくす笑うオレを上のベッドへ乗せてくれた。その顔にはもう悲壮感のカケラもない……アレックスさんって、すごいな。

「ただいまー、遅くなっちゃった～。ユータはもうお風呂入った～？」

「おかえり！　ううん、まだだよ！　今から行こっか！」

加工道具の品揃えについて、嬉しそうに話すラキに頷きながらお風呂に向かっていると、廊下でタクトに会った。

「お、今から風呂？　俺も行くー！」

タクトは家がハイカリクにあるんだけど、こっちに入り浸るので、結局寮に住むことにしたんだって。今日は3人でお風呂だ。

「ラッキー、誰もいないな！」

「わ～い！　ユータあれやって～！」

3人きりの時のお楽しみ、魔法でざあざあと豪快にあったかいシャワーを降らせた。

「気持ちいい～！」

「ひゃっほうー！」

3人できゃーきゃー言いながらはしゃぐと、風呂場の熱気で息が上がってくる。シャワーの豪雨が終わったら、お次はこれ。最近開発した便利魔法なんだ。少量の石けんとお湯を混ぜると、魔法で一気に空気を含ませて泡立てていく。

もわわわあ！

雲のような泡が浴槽内に溢れて、みるみる洗い場を覆っていった。

「あはははは！」

「うわーーぶふっ！　わーーーい～！」

「あははっ！　ラキ、お顔が泡だらけー！」

楽しいね！　泡がたくさん。ただそれだけで、なんでこんなに楽しいのか。はあはあ言うほどはしゃいでのぼせそうになったところで、楽しいお風呂タイム終了だ。夢中になったらレーダーを見逃すから、お風呂遊びの間はラピスに見張りを頼んでおいたんだけど、結局誰も来ないまま存分に楽しめた。再び風呂場全体をシャワーで洗い流し、浴槽の栓も抜いて証拠隠滅《いんめつ》だ。ちゃんと新しいお湯を張っておくからね！

「ああー最高！」

「楽しかったー！　ねえユータ、これだけお湯使えるならさ、秘密基地にお風呂作れるんじゃない？　排水が問題かもしれないけど……」

「そっか！　できるよ～お外でお風呂に入ったことある！　秘密基地に作るのもいいかもしれないね！　地下だからちょっとつまんないけど……」

せっかく外でお風呂に入るのに、露天風呂じゃないなんて残念だ。

「そうだ、今度の休みに父ちゃんとエリのとこに行くんだけどさ、ユータも帰るだろ？　一緒に帰ろうぜ！」

「えっ……と、そう、だね。久しぶりに帰らないとね」

「2人一緒か〜、いいな〜！」

そうか、もうじき数日間の連休があるので、1年生は大体が実家に帰るんだ。オレはちょこちょこ帰ってるので気にしてなかったけど、みんなと一緒に帰らなかったら不自然だ。そう、ちゃんと馬車に乗って帰らないといけない。ナイス、タクト！　オレはちょっぴり冷や汗を掻きながら、笑って誤魔化した。

＊＊＊＊＊

首を捻りながら戻ってきた生徒に、同室者が声をかけた。

「どうしたんだよ。お前、風呂に行くって言ってなかったか？」

「それがさ……行こうと思ったんだけど、風呂場が見つからないんだよ……」

「はあ？　何言ってんの？」

——いつからかこの学校では時々、男湯だけが見つからなくなる……そんな摩訶不思議《まかふしぎ》な現象がまことしやかに囁《ささや》かれるようになった。そして、学校の七（？）不思議のひとつに、『彷徨う男湯』が追加されたのだった——。

6章　伴侶《はんりょ》じゃなくても、きっと

「ラキ、またねー！」

「じゃーな！」

「2人とも気をつけてね〜！」

馬車の窓から手を振って、ラキとバイバイする。ラキは方向が違うので別の馬車だ。心配なのでウリスについていってもらった。

「ユータくん、まだ小さいのに1人で心細かったろう？　久々の家が楽しみだな」

「ううん！　タクトやラキたちがいるからとっても楽しかったよ！」

「そうか、ウチのとも仲よくしてもらって嬉しいよ」

タクトのパパさんは、にこにこしてオレの頭を撫でてくれた。

「ユータ！　馬車は退屈だな。なんか面白いものないのか？」

まだ乗ったばかりだよ？　タクトの首からは、水筒のような容器がぶら下がっている。

「面白いものなんてないよ〜！　エビビ出してあげたら？」

「お、そうだな！　エビビと遊ぼうぜ！」

実験（？）の結果、微量の生命魔法飽和水でも小さなエビには効果抜群だったようで、エビはこの水があれば召喚していられるようになった。出かける時は、こうして水筒みたいなものに入れているようだ。送還すればいいのにと思うけど、勿体ないんだって。土魔法で馬車の中に大きめの器を出して水を満たすと、タクトが小瓶の中身を1滴垂らした。

「これ、すげー効果だよ。ホントにもらってよかったのか？」

「うん、でも多分、こんなちっこいエビだから効果が出てるんだと思うよ？」

エビは大きな容器に移されて、気持ちよさそうに触角をぴこぴこさせた。うん、やっぱりなんの変哲もない普通のエビだ。

「……なんでエビを連れて出歩いてるんだ……？」

護衛の冒険者さんがものすごく不思議そうな顔をしているけど、気にしないことにする。エビを構うタクトを横目に、オレはカモフラージュに図鑑を広げて、地図魔法とシールドのレベルアップを目指して練習している。ぽかぽかと暖かい日差しに、モモがオレの肩に乗り、その上にチュー助がうつ伏せになって、仲よくオレの左肩でうとうとと、右肩ではラピスとティアがうとうと。大した重さではないけど、左肩の方が重い。バランスよく乗って欲しいな……。

今回の乗合馬車は、結構な乗客数で満員に近かった。ハイカリクに向かう馬車は人が多いけど、田舎に向かう馬車がこんなに賑わってるなんて珍しい。

「いつも空いてるのに、今日はどうして混んでるんだろうね」

「そうなのか？　俺はこっち方面の乗り合い馬車にあんまり乗ってないからなぁ」

タクトはエビビの容器に手を突っ込んで、指で作った「○」の字をくぐらせようと躍起になっている。エビに芸を仕込んでどうするの……？

「ボウズ、知らねえのか？　最近はずっとこうだぜ！　ロクサレン地方は大人気だ」

「えっ？　どうして？」

話好きらしい御者《ぎょしゃ》さんが、肩越しに得意げに語る。

「お前、世情に疎《うと》いな？　今やちょっとしたブームよ！　なんでも領主様のところで美味いものを開発してるって噂でな、お前、信じられるか？　中でも海蜘蛛《うみぐも》がとんでもなく美味いってんで、貴族が漁師町にまで押しかけてるって話だ」

「へ、へぇ……」

「信じてねえだろ？　なんせ海蜘蛛だからな！　でもありゃマジに美味い！　実は俺もこないだ食ったんだよ！　それがまあ美味いのなんのって！　そりゃ寿命も延びるって言われるぜ！」

「寿命？」

「おうよ、あそこへ行けば寿命が延びるって言われてんだよ。美味い飯に天使の加護がついてりゃ、それも頷ける話だな！」

「て、天使の加護……」

おお……なんだかすごい話になっている。これ、カロルス様たちも知ってるんだろうか？　カニの話はまあいいとして、天使のことまでそんなに広まってるのは予想外……。

「あの地方は天使が守ってるって噂だぜ？　特にお前みたいな子どもに加護をくれるってんで、藁《わら》にもすがる思いで移住してくる家族もいるみたいだぞ！　子の病が少しでもよくなればってな。あんたらもそのクチかと思ったんだが、違うみてえだな」

え……えぇ～、それは困った。そんな加護ないよ！　どうしよう、そんなに期待して移住するなんて申し訳ない。ただ、確かに美味しいものがたくさんあるし、カロルス様たちが守る安全な土地だから、移住してきて損はない、とは思うけれど。ん？　美味しいものを食べて自然の中で安全に暮らす……それって確かに体にもいいかもしれない。

――それにユータとティアの影響で、生命の魔素の要素が強いの。多分、病気にはいいと思うの。

そうなの⁉　オレ1人でそんなに影響あるもの⁉

――生命の魔素は、人や魔物がいない、自然の営みがあるところに多いの。ユータは魔力が多くて生命魔法の素質が強いから、魔素を引き寄せるし、漏れる魔力も多いの。十分影響があるの。

そうなんだ……確かに今までで生命の魔素が一番豊富だと思ったのは、ルーのいた付近、あの前人未踏の聖域みたいな場所だ。

——生命の魔素は聖域の魔素なの。ユータは聖域みたいだから、ラピスはユータのところに来たの。

なんと、そうだったのか……オレって歩く聖域？　オレ自身にあんまりメリットはないけど、周囲の人にいい影響があるなら便利だな。

「ユータは噂、知らなかったのか？　オレたちが来た頃だって、今ほどじゃないけど噂が立ち始めてたぞ？　だからエリの母ちゃんの療養候補地に挙がったんだからな」

「えっ、そうなんだ……」

「まあ私たちが聞いたのは、美味いものが多くて空気もいいから、療養には最適だって話だったけどね。実際に住んでる人たちには、案外噂って届かないものなのかもねえ」

2人も噂を知ってたんだ。ただ天使の話はそこまでは広がっていないようで、少しホッとした。

「天使の噂は、特に冒険者がすごいぜ。お守りを持ってる新米をよく見かけるからな」

もうその話はしなくていいのに！　オレの願い虚しく御者さんのおしゃべりは止まらない。

「冒険者のお守りなんだ？　俺も欲しいな！」

「やめとけやめとけ。どれが本物のお守りなんか分かりゃしないからな」

「えー偽物があるのか！　罰当たりだなぁ」

「だろう。まだ若いやつらを食いモンにするなんて碌《ろく》な輩じゃねえや。実際に加護があったやつらがいるんだから、マジで罰も当たるかもしれねえってのによくやるぜ」

「加護って、何があったんだ？」

わくわくと瞳を輝かせるタクトと反対に、オレの瞳はどんどん光が失せていく。得意満面で大げさに語られる天使のお話に、穴があったら入りたい気分だ。

「あっ！　そんなことより見て！　ほら、あれ魔物じゃない!?」

「なんでそんな嬉しそうなんだよ……」

嬉々《きき》として指さすオレに、呆れた顔のタクト。見ず知らずの魔物よ！　グッジョブだ！

「ああ、あれはエルバドッグだ。そうそう襲ってはこないから心配するな……って心配してる顔じゃないな……あんまり平和ボケしてると痛い目見るぞ？　魔物は怖いモンだからな？」

冒険者さんに苦言を呈されてしまった。そりゃあ動物園じゃないんだから、怒られるよね。

「……こいつほど危険な目に遭ってるヤツもそうそういないと思うけどな」

タクトの呟きは聞こえなかったことにした。

その後、特にエルバドッグ以外の魔物に出くわすこともなく、御者さんの様々なマシンガントークが続く馬車は、ようやく休憩ポイントに到着した。ふう、なんだかぐったり疲れた。

ロクサレン方面の人気の影響で、休憩所にも結構な人がたむろしている。ふとそこに気になる人を見かけて、じーっと注視した。フードを深く被って口元しか見えないその人は、オレが見つめるのに気付いていて、チッと舌打ちした。あ、やっぱりそうだ！

「おん――!?」

にこっと満面の笑みで駆け寄ろうとしたら、その人は目にも止まらぬ速さで接近して、バシッとオレの口を塞いだ。今のは転移じゃなかったのに……普通に速いんだね。

「……？」

首を傾げて見上げると、フードの中できりりとまなじりを吊り上げた紫の瞳と目が合った。

「て・め・え・はぁ～！　今大声でなんつうこと言おうとしやがった!?」

えっ？　隠密さーん、って……あー。ふむ、大声で呼ばれる隠密とはこれいかに。そりゃあ慌てるよね。いやー、これは失敬、悪いことをしました。

「だって、隠密さんのお名前知らないもん。今日はどうして普通に見えるところにいるの？」

「うるせー！　どうせてめえは俺の居場所が分かるんだろうが！　隠れんのに神経使うの勿体ねえんだよ！」

筋張った手をどかして、こそこそ会話する。そりゃあ分かるけど、オレはてっきり世間から見られないように隠れてるものだと……。なんだ、じゃあ隠れなくてもよかったんじゃないか。

「そうなんだ。それで隠密さんのお名前は？　さっきまでいなかったのに、どうしているの？」

「チッ！　てめえが馬車で帰るって言いやがるから、あいつらが見てこいってうるせえんだよ！」

相変わらず心配症なんだから。確かに隠密さんが一番素早いもんね、ご苦労様です。

「いいか、てめえ余計なことはするなよ？　真っ直ぐ家に帰りやがれ」

「寄り道するところなんてないよ！」

フンと鼻を鳴らすと、隠密さんはさっさとオレから離れていこうとする。誤魔化されないよ！　すうっと大きく息を吸い込んで――。

「おんっ――！」

うぶっ……速い！　さすがだ。声を上げようとした口を再び塞いで、切れ長の三白眼がぎりりとオレを睨んだ。

「野郎……ふざけやがって！」

「隠密さんのお名前は？」

がちっと腰を掴まえて張りつくと、にっこりした。お名前聞くまで逃がさないよ？　ついでの回復魔法はサービスだ。温かい回復魔法が心地よかったのか、少し態度の軟化した隠密さんは、ぐいとオレの顔を引きはがしながら小さく呟いた。

「チィ、借りがあったな……スモーク。他へ漏らすな」

それだけ言うと、さっさと人混みに紛れていなくなった。借り……？　何かあったかな？

——ユータ、前に回復薬あげたの！

ああ、しんどそうだった時か。意外と義理堅い人なんだな。徐々に遠ざかる気配が、ふいに早回しのようにみるみる離れて、レーダーの範囲を外れていった。

＊＊＊＊

「おーいユータ？　おーーい！」

「ユータくーん！　おーい！」

「おかしいな？　勝手にあちこち行くヤツじゃ……ないこともないけど」

「そうなのかい？　しかし休憩所以外に行くところなんてないはずだが……ま、まさか誘拐《ゆうかい》⁉」

「うーん？　アイツそんなに大人しく誘拐されるかなー」

タクトは首を傾げた。休憩所に着くなり、知り合いらしき人と話していたはずなのに……馬車の出発時間になっても、ユータは戻ってこなかった。誘拐なんて、あいつに限ってそんなはずはない。そう思いはするものの、タクトの中で徐々に不安が首をもたげてきた。

「旦那がたぁー！　早くしてくだせぇー！　もう出ますよー！」

「ちょ、ちょっと、もう少しだけ待ってくれ！」

既に乗車を済ませ、休憩所内に人はまばらだ。人影を見逃すはずもない、遮蔽物《しゃへいぶつ》のない広場。

『タクト！　おいタクトってば！』

「うわっネズミが⁉　なんだこれは？」

「あっ、チュー助！　父ちゃん、これはチュー助だよ、ユータの肩に乗ってたじゃん」

「ネズミは乗ってたが……しゃべらないだろう？」

「普通のネズミじゃねえの。なんか幽霊っぽいやつ！」

『っぽくないわ！　どっちかっつうと精霊だって言ったろうが！』

「あ、そうそう、短剣の下級精霊なんだって」

タクトの台詞に、威勢のいいしっぽがへにょりと垂れた。

『……そう、どうせ俺様下級で……伝言役ぐらいしかできないんだ……』

「それで、ユータ探してるんだけど、どこ行ったの？」

『……主からの伝言。知り合いに連れていってもらうから、タクトたちも行っててね、ごめんねって』

「そうなのか……一緒に行きたかったのにな」

「まあ、彼は貴族だろう、乗合馬車に乗っている方がおかしかったんだよ。送ってもらえるならそれでいいさ。貴族の知り合いにでも会ったんだろうね」

「そういうとこは貴族なんだなぁ。で、チュー助は俺たちと……あれ？　いなくなっちゃった」

タクトが渋々乗り込むと、馬車はゆっくりと動き出した。


「あっ！　エリだ！　おーーい！」

村の門まで出迎えに来てくれていたエリが、にこにこ顔で手を振っている。元気そうな明るい笑顔に自然と顔が綻び、馬車が止まるか止まらないかのうちにタクトは飛び降りた。

「わっ!?」

着地するはずだった足が宙ぶらりんのまま、体が空中でぴたりと止められる。支えるのは細くて華奢《きゃしゃ》な二の腕だった。

「えっ……？　あの……？」

ドギマギして声をかけると、エリーシャは不安に揺れるグリーンの瞳でタクトを見た。

「ユータちゃんは……？　あなたと一緒にこの馬車に乗っていると……」

「エリーシャ、落ち着け。アリスはちゃんと部屋にいた、大丈夫だ」

「あっ、ごめんなさいね。私、ユータちゃんがいるものだと思っていたから……」

ハッとしたエリーシャが、儚《はかな》く笑ってそっと下ろした。微かに震える腕がその心情を伝えて、タクトの胸を締めつける。

「あの……エリーシャ様、大丈夫。ユータは休憩所から知り合いに送ってもらうって言ってたから。……まだ着いてないの？」

ぴくり、としたカロルスが、にかっと笑ってタクトの頭をわしわしと撫でた。

「そうか、ありがとうな。エリたちは元気だったぞ、一緒に遊んでくるといい」

「うん！　ユータも元気だったよ。元気すぎるぐらいだよ！　じゃあねー！」

タクトはカロルスたちにぺこりと頭を下げると、エリと手を繋いで走っていった。

「あのね、ママも元気になってきたのよ！　ここ、美味しいものがいっぱいあってすごく素敵な場所なんだから！　パパも大活躍してるのよ！」

輝くエリの笑顔は、あの道中の悲惨さを乗り越えて余りあるものだった。

＊＊＊＊

「りょ、領主様……その、彼は私たちに、知り合いと行くと伝言を残して既に発っていました。

てっきり貴族のお知り合いに出会われたのかと……も、申し訳ありません……！」

タクトを見送ると、俺は真っ青な顔で震える父親に向き直った。スピードの出ない乗合馬車が、貴族の馬車より先に着くことはないし、ここへ来る街道は一本道だ。先に出たユータが着いていないはずはない。そして、ユータに貴族の知り合いなどいないはずだ。

「あいつがそう伝言を残したんだろう？　悪かったな、ユータの護衛でもなんでもないあんたを責めるつもりはないぞ？　ただ、詳細を聞かせてくれるか？　伝言は誰が預かっていたんだ？」

「その、ネズミが……。ユータ様のネズミだと言うので、すっかり信用したのですが……」

あの野郎……！　俺は思わずへたり込みそうになった。知らずギリギリと握っていた拳を開いて、しどろもどろ説明しようとするタクトの父親を制した。

「ああ……！　大丈夫、分かった。大丈夫だ。そのネズミは知っている。……大丈夫だ。あの野郎、一体どこで何をしてやがる！」

「ユータちゃん……ねえ、心配ないのよね？」

「ああ、大丈夫だ。ラピスも心配症だ。危ない時に絶対にユータのそばを離れたりしない」

少なくとも、ラピスが忠助と共にユータのそばを離れられるくらいは、安全な場所にいるってことだ。恐縮する父親を帰すと、取り急ぎ館へ戻ってアリスに伝言を頼もう。もし、もし、アリスがいなくなっていたら……逸《はや》る気持ちを抑えて俺たちは執務室へなだれ込んだ。

『おう、カロなんとかさん！』

デスクに置かれたアリス専用クッション、そこにいたのは……もふんもふんと尻で跳ねるネズミだった。軽い調子で上げられた手に、俺は今度こそ床にへたり込んだ。

「忠助さんとおっしゃいましたか？　どういうことか説明して……いただけますね？」

つかつかと歩み寄ったグレイが、ガッとネズミを掴んだ。

『あっ、怖いひと……うっ……締まってる、締まってるぅー！』

ネズミは、オモチャのような手で、ぺちぺちぺちとグレイの硬い手を叩いた。

「はぁー、ったく、とりあえずこれだけ聞かせてもらおう。ユータは無事か？　……離してやれ」

泡を吹きそうになっていたネズミが、解放されてささっとアリスの後ろへ回った。

『乱暴！　横暴！　アリスの姉さん、やっちまえ！』

「きゅ！」

ぽふん、としっぽではたかれたのはネズミの方。途端にしおしおと耳やしっぽがしおれていく。

『姉さん、だって……あの人が……』

ふう、とため息を吐いたアリスが、もふもふとしっぽでネズミを撫でた。

「きゅきゅ！」

『うん、うん……そう、俺様頼りになる、人と話せる精霊！　俺様にしかできない重要任務！　俺様すごい精霊！』

シャキーン！　なんだそのポーズ。とりあえずユータは無事だな、この様子だと。

『主はちょっと用があるらしくって、知り合いのところにいるから心配しないでって！　そのうち帰るから大丈夫って！　確かに伝えた、さらばだ！　……アリス、ラピス呼んで！』

アリスが一声鳴くと、ほどなくぽんっと現れたラピス。便利なやつらだ……。

「きゅう」

心配するなと言いたげに、紺碧《こんぺき》の瞳がじっと俺を見つめて、光と共に消え去った。

「ユータちゃん……心配だけど、大丈夫だって言うなら……私、待つわ！　できる母親は子どもを信じて待てるものよ！」

「エリーシャ様！　さすがです！　マリーは、マリーは……！」

「マリー、いいこと、こういう時に行ってはダメなの、ますます離れていってしまうの……」

「そんな……!?」

エリーシャの手には、『我が子を親離れさせない10の方法』が抱えられている。どこでそん

な怪しい本を……。どうやら、今回は捜索隊《そうさく》を出さずに済みそうだと、俺は胸を撫で下ろした。

「ユータ、何してるんだろう。もしかして祖国の知り合いとかいたのかな？　……また厄介ごとに巻き込まれてなきゃいいけど」

「これはもう間違いなく巻き込まれているのでは？　……こちらを。ユータ様との繋がりが、大変薄いです。これを辿っていくことは、できません」

グレイが掲げた左小指の指輪は、魔力を通してなお、ほんのささやかな光しか灯らなかった。対になった石の場所を示す、お守り。ユータは対になったネックレスを身につけているはずだ。

「なんだと⁉　いつからだ⁉」

「発動させたのはユータ様がいないと判明した時です。その時から変化はありません。それでも、忠助さんもラピス殿も大丈夫だと言われております。その言葉を信じる他ありませんね」

「……そうか。なあアリス、本当に大丈夫なんだな？」

やれやれ、そう言いたげな表情でふわっと浮かぶと、アリスは俺の肩に乗って、小さな前脚で俺の頬をぺしぺしとやった。小さな肉球と小さな爪が当たる、軽い感触。

「お前は落ち着いているんだな……」

ユータの状況を知っているからこその落ち着きだと、そう思えば、少し心のざわつきが減るような気がした。慰めるようにポンポンと頬に当てられるしっぽが、妙に心強く感じた。

＊＊＊＊＊

「あっという間だなぁ、あんなに早く移動できたら便利だな」

名前を聞き出すことに成功したあと、遠ざかっていくスモークさんの気配をレーダーで辿っていたら、間近に人の気配を感じて振り返った。

「――見つけました……!! 宮様！ ああ、遅れましたことをどうぞお許しください……！」

オレの後ろで歓喜に震えているのは、きちっと全身を覆う衣装を着て、なおかつベール越しに顔を隠した背の高い女性。こんなに目立つ人、今まで休憩所にいたかな？ どうもベール越しにこちらを見つめて話している気がするのだけど。そっと周りを見回してもオレしかいない。

「あ、あのー、ごめんなさい。人違いだと思います」

こんなに喜んでいる人に水を差すのは気が引けたけど、勘違いだと余計にガッカリするだろう。

「いいえ！ いいえ！ 私が痕跡《こんせき》を間違うはずがありません。さあ、どうぞこちらへ。あなたは幼い、覚えていらっしゃらないのも無理はありません」

そう言うと、鳥が翼を広げるように、ふわっとオレの体を抱きしめた。途端に黒いもやに覆われて、真っ暗になる視界、そしてこの感じ……フェアリーサークルと同じ！　転移⁉

「えっ、なに⁉　どこ行くの⁉」

「ご心配には及びません、安全なところへお連れします。みんなお待ちしておりますよ」

どこまでも喜びに満ちた悪意のない声に、振りほどくこともできずに困惑した。

（……ラピス？）

――大丈夫なの、ユータが戻りたかったらラピスが戻してあげるの。

ラピスの頼もしい声に安心して、黒いもやに身を任せた。とにかく、誤解を解かないとどうにもならないだろう。ややあって黒いもやが掻き消え、わずかな浮遊感も絶えた。

「さあ、着きましたよ。お加減はいかがですか？」

どうやら街の一角、路地裏のようだけど、人は見当たらない。

「大丈夫だけど……ここはどこ？　それとね、申し訳ないけどオレは宮様じゃないの」

「うふふ、覚えてらっしゃらないのですから、そう思うのも仕方ありませんよ。でも、エルベル様はあなたを覚えておいでです。これから素晴らしい生活があなたを待っていますからね」

艶然《えんぜん》と微笑んだのは、びっくりするぐらいキレイな人。いつの間にかベールを取り、ショールを脱いでいた。青白い肌、白い髪に赤い瞳。周囲を見回して違和感に気付いた。さっきまで明るかったのに、ここはまるで夜の街のようだ。まさか世界の反対側まで来ちゃった⁉　必死に地図魔法で周囲を把握しようとするけれど、どうもおかしい。

「天井が、ある……？」

ここは外だ。夜の街の一角のはずなのに、地図魔法だと街の上を覆うものがある。あたかも巨大なドームの中に作られた街のようだ。と、いうことは、暗いのは周囲が覆われているからら？

（ラピス、地図魔法でうまく周囲を探れない……調べてきてくれる？）

――分かったの。ユータは大丈夫？

（うん、この人は『宮様』だと思ってるから大切にしてくれるよ。魔物の気配もないしね）

頷いて離れるラピスを見送って、美人さんを見上げる。

「あの、ここはどこ？　オレ戻りたいんだけど」

「ここは我らの隠れ里ですよ。さあさあ、あなたにどこをお見せしましょうね？　でもまずはエルベル様のところへ。宮様はあのようなところへ戻らなくてよいのですよ、心配いりません」

オレは戻りたいんですけど……その宮様って、どちら様？　思い込みの強い美人さんに説明しても埒《らち》が明かなさそうなので、早くエルベルさんとやらに会って誤解を解く方が早いかな。でも気になるのが「隠れ里」って言葉。知られたからには帰すわけには！　なんて展開にはならないよね⁉　そんなオレの胸中を知るはずもない美人さんは、うきうきしながらオレの手をとって暗い街を歩く。ややあって、ラピスがそっとオレのそばに戻ってきた。

——ユータ、ここは地下なの。多分、ダンジョンの中なの。

「へっ……？　えええええーー⁉」

静かな街中に、わんわんとオレの声が響いた。

「ど、どうされました⁉」

血相を変えた美人さんがオレの前にしゃがみ込み、青い顔になってぺたぺたとオレを触り、全身を確認した。

「ご、ごめんなさい、大丈夫、大丈夫！　えーっと、さっきまでお昼だったのに、夜になってるからビックリしただけ」

どんだけ気付くまでにタイムラグあるんだよ！　と思ったけど、他に言い訳が思いつかなかった。ここは鈍感な幼児のふりをして乗り切るしかない！　て……てへ、と精一杯の幼児スマイルを披露すると、美人さんはホッと表情を緩めて、再びふわりとオレを抱きしめた。

「急なことですもの、ビックリされるはずです。美しき街並みを見ていただこうと思ったのですが、配慮が足りませんでした。城内へお連れしますので、そちらでゆっくりくつろがれるのがよいでしょう」

ふわっと漂う黒いもやの中で、女性の声はエコーがかかったようにダブって聞こえた。

「宮様、どうぞお召し物を」

「宮様、こちら最高級の甘味《かんみ》です、どうぞ」

「宮様、なんなりとご用をお申しつけください」

あーもう！　宮様じゃないって言ってるのにー！　ひらひらしたお召し物なんていらないから！　ご用もありません！　……でもその甘味はいるかも。ふかふかの椅子に座らされたオレに、あれやこれやと嬉しそうに世話を焼く侍従さんらしき人たち。目の前のテーブルには美味しそうな軽食が並べられている。頑なに着替えようとしないオレに困った様子で、今度は髪を梳《す》き、丁寧にあちこちを拭われピカピカにされていった。

居心地はいい。おやつも美味しい。

オレは美味しいフルーツのコンポートみたいなものを頬張りながら、ため息を吐いた。城内と思《おぼ》しき一室に転移すると、あれよあれよとこんな扱いだ。心地いいソファーに身を預け、美味しいおやつをいただきながら、オレは困っている。エルベル様っていうのは明らかにお偉いさんだろう。勝手に会いに行ける人ではないだろうし、ここで呼ばれるのを待つしかない。

まさか初ダンジョンが、こんなイレギュラーだとはね。ダンジョンって住めるんだなぁ、魔物が出てきたりはしないんだろうか？　城内は重厚な雰囲気が漂い、とてもダンジョン内だとは思えない。まあ他のダンジョンに行ったことはないんだけど。

「宮様、どうしてもお召し替えをされませんか？　こちら、最高級の布地で作られた、とても心地よいものですよ？」

悲しげな侍従さんだけど、それは着ないってば。

「オレはドレスなんて着ないよ！　でも謁見《えっけん》？　で失礼なら、男物の礼服なら着るよ？」

「左様ですか……どうしても男性のお召し物がよろしいのですね？」

もちろんです。そんな切ない目をしてもドレスは着ません！

「仕方ありません、今は城に小さなサイズを着る者がおりませんからね、宮様がお好きなデザインがあればお持ちしますよ？」

いくつか抱えてきた衣装は、きらびやかだけど、どれもオレの身長に合う子どもサイズだ。お城に子どもはいないのかな。お古なんだったら気兼ねなく拝借できるね。

「みんな大きくなっちゃったの？　オレが着ていいの？」

「……ええ、先を見越して作っていたものが、必要なくなってしまって」

「わあ～、カッコイイ！」

あれこれ着せ替え人形にされるのは嫌だったので、とりあえずあんまりゴテゴテしていないものを選んだ。広げてみると、黒を基調に銀の装飾が入った、マント付きの美しい衣装だ。カッコイイね！　目をきらきらさせたオレに、侍従さんたちもホッとしたようだ。お手伝いは丁重に、固くお断りして、四苦八苦しながら衣装を着ることに成功する。よし、この間に連絡を取ろう。

「ラピス、チュー助、もう馬車の時間だよね。みんな心配すると思うから、伝言を届けてくれる？」

ダンジョンにいるとそのまま伝えたら余計に心配されるだろうから、適当に誤魔化して伝言した。ごめんねタクト、一緒に行こうって言ってたのに。

「あと、誤解を解いたらすぐ帰るつもりだけど、これから謁見やら何やらで連絡できないかもしれないから、万が一タクトが先にヤクス村に着いちゃうようだったら、カロルス様にも伝言してくれる？　頼んだよ、チュー助にしかできない『重要任務』だよ？」

面倒そうな顔をしたチュー助は、途端にポーズを取ってやる気に満ちあふれた。

一息吐いて鏡を見ると、なかなかさまになっているんじゃないだろうか。

「オレ、カッコイイ！　王子様みたいだ！」

くるくるすると、長いマントがひらひらしてとても楽しい。もうちょっと背が高かったらなぁ。残念ながら、素敵な衣装も七五三みたいに見えるのが、なんとも惜しい。

「ピピッ！」

高価な布地は乗り心地もいいらしく、肩のティアも満足そうだ。鏡の前でポージングして楽しんでいたら、扉の前で待っていたらしい皆さんがしびれを切らしてノックしてきた。

「失礼します。まあ！　素敵ですわ！」

そう言いつつも、立派な衣装をやっぱり着こなせていないらしく、あっちを引っ張りこっちを整え、美しく着付けてもらった。

「ああ、お美しい！」

「エルベル様はなんと素晴らしい方をお選びになったのでしょう！」

赤い瞳を潤ませて褒めてくれる侍従さんたち。雪白の肌は頬の紅潮をよく反映させた。そう、今のところ侍従さんは、みんな白髪に赤い瞳の人ばかり。

「この艶《つや》やかな黒髪、美しい瞳。きっとエルベル様と並ばれたら、対のように輝くのでしょうね！」

うっとりとオレの髪を梳かす侍従さんに、思い切って尋ねてみた。

「ねえ、どうしてみんな白い髪で赤い目なの？」

「うふふ、ヒトは様々な色がありますものね。私たちの種族は皆この色を持っているのですよ。そしてヒトよりも強く美しいのです。もちろん、宮様は私どもよりずっとお美しいですよ！」

そうなんだ！　強く美しいって、森人みたいに高い魔力を持っているとか？

「ねえ、エルベル様ってどんな人？」

「宮様はご存知でしょう？　とてもとても美しくて強くて…………寂しい方ですよ。ですから、私どもは宮様が来てくださったのが嬉しくて仕方ないんです」

コン、コン。

「失礼します。エルベル様がお待ちです。準備はよろしいでしょうか？」

上品なノックに続いて、落ち着いた低い声がかけられた。入ってきたのは、やはり白髪に赤い瞳の男性だ。白髪のせいで年齢不詳だけど、30代あたりだろうか。すらりと背が高く、厳しさを感じるその視線は、仕事のデキる上司って感じだ。メガネをかけたら完璧だろうな。

「そのご衣装は？」

「どうしてもドレスは着ないとおっしゃられて……」

「そうですか。今回は謁見ではなく、エルベル様の自室にとの仰《おお》せですから……まあいいでしょう、致し方ありません」

よかった、謁見じゃないんだ。オレは少しホッとして先に立つ男性のあとについていった。

きょろきょろしながら豪華な廊下を歩いていると、ふいに立ち止まった男性の尻に激突した。

「ナーラから聞きました、宮様はエルベル様を覚えてらっしゃらないと」

「は、はい！　それよりもオレは宮様ではないです。それを説明しようと思っています」

ふう、とため息を吐いた男性が振り返り、しゃがみ込んだ。

「エルベル様は、あの時に何も説明をしていないとおっしゃっていましたが、もしやこのことも？　あなたは宮様で間違いないのです。あなたが覚えていなくとも、証拠が、ここに」

そう言って男性は、恭《うやうや》しくオレの小さな右手をとった。示された場所は、小指。でも、そこには何もない。何の証拠が……？　首を傾げるオレに、男性は少し悲しげに瞳を曇らせた。

「思い出せませんか？　あなたはここに指輪を嵌めたでしょう？　血族の指輪を。あなたにはエルベル様の気配が残っております」

血族の、指輪……？　ごくごくうっすらと小指の付け根に残る、痣《あざ》のようなもの。

「……指輪？　ここに嵌めた指輪って……あの、紅い指輪？」

確かにあったはずのあの指輪は、痣のような跡を残していつの間にか消えていた。必死に探したけど見つからなくて、痣のような跡も、もうごくうっすらとしか残っていない。

「そうです。あなたに血族の守護を与える契《ちぎ》りの指輪です。あなたはヒトの身でありながら、闇夜の自由を得ているはずです」

「あ！　うん、オレ夜でも目が見えるよ。でもあの指輪は、エルベル様じゃなくて……」

　バァン!!

　突き当たりの豪華なドアが、内側から弾けるように豪快に開けられて、思わず飛び上がった。

「グンジョーー!!　俺、まだ何も言ってないって言っただろ！　勝手に言うな！」

「しかし……」

「覚えてるわけねーって！　言ってないし言えなかったし！」

「……あなたは……本当になんの説明もなく契りを交わしたと？　それは『交わした』とは言わないのでは？　こんな幼子《おさなご》に一方的に押しつけたのですか？」

「うっ……だって、だって、あの時を逃したらダメだと思って！　間違ってなかったろうが！　俺だって必死だったんだよ！」

　もしかして、これがエルベル様？　みんなと同じ、白い髪に赤い瞳。美しい、って言葉がよく似合う見事な美少年。そうだな、まだ10歳にならないくらいだろうか？　じいっと見つめる俺に気付いて、透き通るような頬がみるみる紅潮した。

「と、とにかく入れよ。ちゃんと、説明するから」

　ぷいっと踵《きびす》を返したエルベル様は、部屋に引っ込んでいった。

「お見苦しいところを申し訳ありません、本当に色々と……説明をしていただかなくてはいけないようです」

グンジョーと呼ばれた男性が、深いため息を吐いてオレを部屋へと促した。

「——だから、あの時は1匹しか残ってなかったんだよ！　もう無理だって、諦めるギリギリだったんだ。説明なんてできねえし、1匹分の意識だぞ……随分曖昧でおぼろげだった。こんなに幼かったかな？　とにかく、あの時指輪を渡してなかったら二度と会えなかった！」

「……それで、あなたは……まさか、なんの説明も同意もなく、血族の指輪を渡したと？　我らの生涯唯一の指輪を？」

男性は、エルベル様の説明を聞いて、少し顔色を悪くしている。あの指輪は、相当大切なものであったようだ。オレ……なくしちゃってどうしよう⁉

「あの……ごめんなさい、指輪、なくしてしまって……」

「いいえ、あなたはなくしていませんよ。その身の内に確かに宿っております。今も夜目《よめ》は利くでしょう？　あの指輪は装着者に馴染んで、徐々に身の内に侵食するものですから」

「えっ？　そ、それって、大丈夫なもの？」

「それを望まないならば大丈夫ではありませんね。しかし……徐々に我らと同じ血族へ変化するためのものなのですが、不思議なことにあなたは変化が止まっています。むしろ指輪を吸収してしまったようで、エルベル様の気配も薄いですし。お陰で捜索が大変困難だったのです」

なっ、なんですとー⁉　人を勝手に違う種族にしようとしてたの？　困るよ！　見た目が急に変わったらビックリされちゃうよ。

「ピピッ！」

ティアが耳元でそっと鳴いた。ああそうか、どうやらティアが変化を留めてくれている間に、オレが指輪を吸収しちゃったようだ。常にフェリティアの魔力を循環・吸収していたのもよかったみたいだね。……なんだかオレ、なんでもかんでも吸収してるね。でも、結果的に夜目が利く部分だけ取り入れさせてもらって、なんだか申し訳ない気分だ。

「それで、あなたはどうするのです？」

「言う……。ちゃんと言うって。でもこんな幼いなんて。ダメだったら……」

「『牙なし』になるしかありませんね。自業自得です」

冷たい声に、エルベル様は黙って俯いてしまった。

「あ、あの、それで……オレは帰っていい？」

「ダメだ！」

室内の重い沈黙に耐え切れなくなって声を上げると、途端に顔を上げたエルベル様が、オレの肩を掴んだ。しばらく視線を彷徨わせてから、ピタリとオレと目を合わせる。繊細な白い睫《まつ》毛《げ》に覆われた紅玉の瞳が、とても綺麗だと思った。

「……一方的に指輪を渡して、すまなかった。その、ごめん、あの時は朦朧《もうろう》としてて、こんなに幼い子だって分からなかったんだ。死ぬ寸前だった俺を助けてくれたろう？　心から感謝する。それで……その、どうしても、君に血族になって欲しかったんだ。今はまだ君は幼いけど、俺たちは長い年月を生きるから、数年の差なんて関係なくなる。君の温かさと優しさが俺の支えになった。……だから君に、そばにいて欲しいって思った。ずっと一緒にいて欲しくて……。その、これから、ずっと……俺のそばに、いてくれないだろうか……？」

こくりと動いた喉仏と、不安に揺れる、潤んだ瞳。

『きゃー！　きゃー！　プロポーズよぉっ!?　素敵ーー！』

緊張をはらんだ空気を引き裂いて、突然飛び出した桃色スライムに、オレとエルベル様がビクッとする。激しく興奮したモモは、誤魔化しようもなくオレの肩で高速伸び縮みしていた。

「……スライム？　なんでここに？」

「召喚獣、ですね。なぜ今？」

ぽかんとしたエルベル様と男性。ですよねー！　今出てきたらダメなやつですよねー！　冷や汗を掻きながら、激しく振動するモモを後ろに隠した。……プロポーズって言ってくれなきゃ気付かなかったし、助かったけども。でも、これがプロポーズっていうなら、オレはまず言

わないといけないことがあるよね!?

「あ、あのね、もし、勘違いがあったら、ってことなんだけど……そ、その、オレ侍従さんたちにも言ったはずだけど……男だよ？」

「「えっ……」」

さらにぽかんとした2人。気まずい沈黙。でもオレ、悪くないよね？　被害者だよね？

「えっと、ごめんなさい……？」

沈黙に耐え切れずに、なんとなく謝罪するオレ。唇を引き結んだエルベル様の、その美しい瞳に大粒の涙が盛り上がった。ぽろり、ぽろりと落ちるそれに、オレは大いに狼狽える。ご、ごめん！　ごめんね……！　どうしよう？　どうしようもないけれど、少年のほのかな初恋の思い出を……土足で踏みにじった気分だ。でもこれってオレのせい!?

「ご、ごめんね……」

おろおろしながらソファーに座らせると、よしよしと背中を撫でて魔力を流した。君の初恋はまだこれから、そう、今回のは数に入らないから。落ち着くようにと魔力を流し続けると、やがて泣き止んだエルベル様は、豪華な衣装の袖でぐいっと顔を拭って、儚げに微笑んだ。

「ふふ、お前、男か！　悪かったな、変なことに付き合わせて。これだ、この魔力。思っていたより随分幼くて驚いたが、やっぱりあの時の人は君……いや、お前だな。心地いい魔力だ」

「あの時のコウモリさんが、エルベル様だったの？」

ホッと息を吐いて、間近にある瞳を見上げた。どうしてコウモリさんがエルベル様なんだろうか。

「そうだ。俺たちの種族特有の能力だな。見るか？」

「あなたは……よろしいのですか!?」

「いいさ、既に一度見ている」

立ち上がったエルベル様に黒いもやが纏わりついたかと思うと、突如その輪郭が崩れた。

「わ、エルベル様!?」

「大丈夫。お前が見たのはこの姿だ」

エコーがかかったような不思議な声。エルベル様がいた場所には、たくさんのコウモリがいた。１匹が音もなくやってくると、オレの手の上にちょんと乗った。

「わあ！　本当にあの時のコウモリさんだ！　エルベル様だったんだね、無事でよかったよ！」

にっこり笑うオレに、コウモリさんは少し眩しそうな顔をした。

「でも、あの時は１匹だけだったね？」

「死にかけていたと言ったろ？　本当に寸前だったんだ。もう１匹しか残っていなかった」

コウモリさんは再び集まって黒いもやになると、人の形に戻った。

「身内でな、諍《いさか》いがあった。俺たちは不死者《ふししゃ》と呼ばれるほどの者だ。そうそう死ぬことはないんだが……あの時は色々あって死にかけて、お前に救われて戻ったら、俺がトップに担ぎ上げられてしまったってわけだ。死にかけてから元の姿にまで復活するのは結構大変でな、お前のことを伝えられるまでにだいぶかかったし、場所なんて記憶から飛んじまってたし」

「不死者？　エルベル様は不死者なの？」

男性が気遣《きづか》わしげな顔をして割って入ろうとするのを、少年は少し悲しげな瞳で制した。

「いい、きちんと知って、二度と近寄らない方がいいだろう。……俺たちはお前たちの言う、不死者だ。悪かったな、言わずに連れてきて。まず俺たちを知ってもらってから、そのことを告げる習わしだ。最初に不死者と言うと間違いなくうまくいかないからな」

「そうなんだ！　不死者ってどんな人のこと？」

「……？　知らないか？　お前たちの言う不死者は、そうだな、生き物のなれの果ての魔物だな」

「ゾンビとか、オバケみたいな魔物のこと？」

「……そうだ」

肯定されて、オレはますます首を傾げた。

「どうしてエルベル様たちと、魔物の不死者が同じになるの？」

「どうしてって……お前たちは俺たちをそう呼ぶだろう？　ヴァンパイアとも呼ばれるな」

エルベル様たちも困惑気味だけど、オレも混乱中だ。不死者であることがなぜ魔物と混同されるのか。レーダーでも、魔物とヒトは明らかに違って捉えられるのに。

「魔物とヒトは全然違うと思うんだけど。どうしてごちゃごちゃになるの？」

「……？　俺たちがコウモリに変化したり、不死のごとく頑強な体を持っているからだろう？

……ああ、あと、これもよくないようだ。人の血を啜《すす》るのだと」

あ、と開けられたお口は、真っ白な肌に比例して鮮やかに赤く、その犬歯は長く鋭かった。

ただ、両側にあるはずのその犬歯は、1本しかなかった。わざわざ血を啜ったりするはずがない。だってあんなに美味しい食事やおやつがあるんだもの、食事が充実するのは食べる必要があるからだ。つまりは誤解されたまま、こんなところで引きこもってる少数民族だろうか？

「そうなの……みんな間違えてるんだね。じゃあ、カロルス様にお話ししてみるよ！　ヤクス村に来るといいよ！　お外に出ても大丈夫なんでしょう？　みんなもお外で遊びたいよね？」

「ふふっ、ものを知らんやつだな、やめておけ。お前は俺たちのことを忘れて過ごすといい。

俺たちも二度とお前の前に現れたりしない。この場所は誰にも見つからん、お前も二度と来ることはない。さて、悪かったな、お前を送り届けよう」

エルベル様は最初の印象より随分と大人びて、なんだか無理して背伸びしているように見えた。

「そうだ、お前は俺の恩人だ。何か欲しいものはあるか？　迷惑をかけた詫《わ》びだ、可能な限りお前の望みに対応しよう。グンジョー、宝物庫に案内してやれ」

「ううん、宝物はいらないよ。オレ、まだ子どもだし！　でも、それなら――」

それなら、オレには大きな望みがあるよ！　これは渡りに船だ！


「わーー！　すごい！　すごい！」

興奮するオレに、若干引き気味のエルベル様とグンジョーさん。キッチンに行きたいなんて言うオレを不思議に思ってついてきたらしい。ここのお料理はどれも彩りよくて美味しかった。だから、ぜひとも見せてもらいたかったんだ！　珍しい材料もあるかもしれないし。

「何がそんなに嬉しいんだ？」

「最高だよ！　エルベル様！　調味料がいっぱいあるー！　ねえねえ、味見してもいい？　オレ宝物いらないから、こっちが欲しい！」

「そ、そうか。俺たちは移動が得意だからな。珍しいものもあるのだろう、好きにするといい」

ずらりと並んだスパイスの瓶、各種調味料の瓶。ここはオレにとって宝物庫だ！　２人をそっちのけで料理人さんに付き添ってもらうと、次々と匂いを確かめ味をみていった。

「あっ!?　これは、もしかして……」

「こちらは大変塩辛いですよ、味見は一滴で十分でございます」

震える手で受け取ったその一滴《ひとしずく》。この香り、この味……。深く目を閉じて感じ入ると、バッと振り返ってエルベル様に飛びついた。

「エルベル様っ！　ありがとうっ！　ありがとうーー！」

「なっ？　なんだ？」

ここに来て、よかった……！　これ、これは……そう……オレが望んでやまなかった……。

お醤油《しょうゆ》……！　そう、お醤油だあーーー!!

オレは目を白黒させるエルベル様に、渾身《こんしん》の笑顔を向けた。


「どう？　美味しいでしょう？」

「むう……確かに！」

調味料に狂喜乱舞してどん引きされたので、この美味しさを知ってもらおうと料理してみたんだ。食材はキッチンのものと収納のものを使って、お子様に人気のチキンの照り焼きにお味噌汁、お魚の煮つけ、あとは麦ごはん。豪華な料理ではないけど、オレの懐かしい味。醤油があるなら味噌もきっとあるはず、と探すと、やはりあった。でも、米がなかった……麹《こうじ》は？

麹は米から作ったんじゃないの？　と思ったんだけど、麹の原料はダンジョン産の豆っぽい植物だった。

ここは発酵《はっこう》食品作りに適しているらしく、醤油や味噌は彼らが他の地方で学んだ技術から、独自の材料を使って作っているそうだ。それならその地方には米があるかもしれないよね！

「華やかさはないが、日々の暮らしを感じる素朴な味だな。お前に、似た雰囲気だ」

「そうでしょ！　オレの故郷の味なんだよ！　ずっと探してたんだ。本当に嬉しい！」

「そうか。俺たちにも役に立てることがあってよかった。他に必要なものはないか？　もう二度と来られないぞ、よく考えることだ。城内を案内させるから、何か気になるものがあれば言え。俺は部屋にいるから、準備ができたら来るといい」

そう言うと、エルベル様は踵を返して行ってしまった。

「あの、レシピを教えていただくことはできますか？」

遠慮がちに声をかけてきた料理人さんに、もちろん！　とにっこりすると、お互いにレシピや情報を教え合った。お城の案内係の侍従さんたちもやってきて、きゃーきゃー言いながら、もっぱら試食係をしている。オレの年齢を気遣ってくれたのか、かなり若い人たちだ。

「あんなエルベル様、久しぶりに拝見しました。やはり同世代の子がいたら……いえ、その」

「あんなエルベル様って？」

「エルベル様はとてもしっかりされていて、既に王の風格をお持ちですからね、あまり感情を表に出したりされないのです。今日のエルベル様は子どもらしいところがおありでしたから」

「ええっ!?　そんなエルベル様、私も見たかったのに！」

「クールで落ち着いていらっしゃいますから、同世代の子と仲よくなんて想像できないですわ！」

料理人さんや侍従さんが口々に言う。そうだろうか？　お部屋では、普通に泣いたり話したりしていたけど。むしろここでの方があまり感情を出していないように思った。嬉しそうににかっと笑った料理人さんの口元には、ちらりと2本の牙が見える。ぱくぱくとよく食べる侍従さんのお口にも、2本の牙。

「そういえば、どうしてここの人は鋭い牙があるの？　お食事はオレたちと同じなのに」

「牙は我らの誇りであり象徴でありますからね、美しい牙の方がモテますし、動物の飾り角なんかと似ているかもしれませんねえ。それに牙がないと、伴侶を決められないでしょう？　そのあたり、ヒトだとどうなってるんです？」

「えっ？　伴侶を決めるのに牙がいるの？」

「そりゃそうでしょう？　片牙を差し出して血族の契りを交わすのが伴侶となることでしょ？」

「もしかして、牙が血族の指輪になるの……？　でも牙がないと困らないの？」

「そうです、血族の指輪を交わして伴侶となるのです。牙が1本なくても困りはしませんよ、伴侶がいる証《あかし》ですし。もちろん、『牙なし』はダメですけどね！」

最低！　と言わんばかりの若い侍従さんの表情に、不思議に思った。

「どうして？　2回結婚したら牙はなくなるんじゃないの？　2回以上結婚する時はどうするの？　怪我でなくなっちゃったら？」

「まだお小さいですもの、ご存知なくても仕方ないですわ。契りは1回だけですよ。それ以上はありません。共に生きる誓いなので、何度もするのはおかしいでしょう？　それに、我らは丈夫なのでそうそう死にはしませんし、怪我なら牙も再生します。血族の指輪に変化させた時だけ、再生しないんです。ですから、牙なしは誓いを破った不名誉の証になるんですよ？」

「そうなんだ……」

「まあ、牙なしで生きるくらいなら普通は命を絶つと思いますよ。我らは誇り高い一族です」

胸を張る料理人さん。随分厳しい世界なんだね……。でも、彼がオレに渡した牙は？　彼は二度と伴侶を得ることができないのだろうか？　グンジョーさんはあの時言ってなかったろうか？「牙なし」になるしかないと。

「それで、こちらの調味料は全部包むとして、これだけってわけにはいかんでしょう。他はどうします？　大切なエルベル様の恩人です。なんなら城ごと渡したい気分ですよ！」

「みんな、エルベル様が大切なんだね！」

豪快に笑った料理人さんに、少し無理をした様子のエルベル様を思い出してホッとした。みんながエルベル様を好きなんだったら、きっと彼も大丈夫だろう。

「もちろんですよ！　あなた様がどれほど尊いことをしたか分かってませんね？　お恥ずかしい話ですが、身内の諍いの話はお聞きになったでしょう？　まさか、敵が内側にいたなんてね。実のところ……王家が途絶えるところだったんですよ。エルベル様はまだお若いですし、王位継承の話なんて元々はなかったんですけど、諍いのあとに王家が誰1人いなくなって、私たちは呆然としました……。誇りある我らの上に立つのは、どうしても王家でなくては！　その身の内に流れる高貴な血が必要なんですよ」

「そこへ戻ってきたのがエルベル様ですよ！　私たちがどれほど歓喜したか！　もう終わりだと沈んでいた街が、知らせを受けて一挙に沸いた、あの瞬間を見ていただきたかったですね！」

きゃあきゃあと盛り上がる侍従さんたち。……なんだろう、この人たちは確かにエルベル様が好きなんだけど、その言い方では、きっとエルベル様は傷つくんじゃないだろうか？　王家の者であれば誰でもよかったと聞こえる。どうしてそんなに血筋が大事なんだろう。あんな少年を担ぎ上げなくてはいけないほどに？

「さあさあ、今度は私たちに付き合ってくださいね？　一緒に城内を歩きましょう。何が必要です？　美しいもの？　役に立つもの？　どうぞ遠慮なくお伝えくださいな！」

オレは少し引っかかる思いを感じながら、案内してくれる侍従さんたちについて歩いた。

＊＊＊＊＊

薄暗い室内で窓ガラスにぼんやり写る、少し疲れた顔をした白髪赤眼の少年。

「…………」

俺は呆然と窓に映る自分の姿を眺めた。どう見てもガキ、王様の格好をしたガキだ。そして、偉そうな格好をしたそいつの牙は、１本しかない。……なのに、伴侶はいない。

どうしてこうなったんだろう。見つかったと聞いて、暗い世界に光が射したように思った。しばらくぶりに、胸が躍るのを感じた。

「はは……嘘だろ。男だとか。……これはないよな」

俺が子を残さなければ王家は途絶える、伴侶は絶対に必要だ。そのために牙も必要だ。めまいがする……牙なしの王……俺は牙なしで人前に立つのか……。そもそも、牙なしの王が人の上に立てるのか？　このせいで、もし……もしまた諍いが起こったら？

それでも、何もかも俺が勝手にしたことの責任だ。本当に、自業自得だ。どうしても手に入れたくて、同意も得ずに身勝手をした罰が当たったんだろうか。だって、女神様だと思ったんだ。温かい魔力、奇跡の力。もうろうとする中、よく指輪を渡せたなと今でも感心する。

……戻ってこなきゃよかった。もう何度目か分からない、取り返しのつかないことを思う。命からがら戻ってきたのに、迎える人は誰もいなかった。父も、母も、兄も、妹も、友達も……誰も、誰もいないなんて。こんなことになっているなんて……俺が王様だなんて……。

だから、そばで支えてもらいたかった。あの笑顔で、温かい魔力で。あの人に会いたかったんだ。あの人がいれば頑張れると思ったから、あの人を探すことを条件に王様のふりをした。

……でも、違ったんだ。あの人は女神様じゃなかった。俺の伴侶じゃなかった。なのに王様のふりは、やめることができない。いくら待っても、もう誰も戻ってくることはなかった。

もう俺しかいない……。じわっと涙が浮かんだ。

もう、俺しかいない。

＊＊＊＊

たくさんの調味料や食材に、何よりお醤油、そしてお味噌！　オレにとって貴重なものをいただいて、まるでテーマパークみたいな城内をあちこち見せてもらって、オレは大変満足してエルベル様の部屋へ向かった。もう、なんてお礼を言ったらいいか。

「結局それだけなんて、なんて欲のない。私たちが叱られてしまいますよ？」

「そう言われても、すごい剣とか盾なんていらないし、宝石よりも食べ物の方が嬉しいもの！」

それに伝言はしてあるけど、夜までに帰らないと、そろそろカロルス様たちも心配するだろう。豪華な扉をノックして入室すると、グンジョーさんと何やら深刻な顔で話していたエルベル様が、こちらを向いて微笑んだ。

「もういいのか？　必要なものは持ったか？　何も欲しがらないと皆が困っていたぞ」

「うん、エルベル様ありがとう！　すっごくいいものもらっちゃったから、もういいんだよ！みんな優しいし、ここ、とってもいいところだね」

にこにこしたオレの言葉に、２人が少し驚いた顔をした。

「そう、か。それはよかった。無理に連れてきて悪かった。ナーラに送ってもらえば、お前の村へはすぐに着くからな」

「ありがとう！　ナーラさん、大丈夫？　とても喜んでくれていたから……」

「お前が気にすることはない。そうだ、皆には俺の命の恩人だから招いたと、誤解は解いてあるぞ。ふふ、お前が男だと知って驚いていた。だがあの指輪のことを知っているのはナーラとグンジョーだけだ、他に言うなよ？　万一お前に危害が及ぶと困るからな」

「……うん」

強いな。大人びた顔で告げるその姿からは、大声を出して扉を開けるところも、人前で泣くところも想像がつかなかった。今、城内にはエルベル様以外には子どもも、王族もいない。料理人さんや侍従さんの話を総合するに、王が病で急逝したあとに「身内の諍い」が起こり、次期王の可能性がある者は、大人も子どもも皆襲われたようだ。

ごく少数の一族で争いもなく過ごしてきた彼らには、想像もしない出来事だった。諍いの火が消えたあとに、かろうじて戻ってきたのがエルベル様ただ1人。王位継承など考えもしていなかった幼いエルベル様が、唯一の王族となってしまった。

彼は子どもの顔を隠して、そんな顔でずっと過ごすんだろうか？

「ねえ、エルベル様はお外で遊んだりするの？」

「ああ、この男がお守りについて、コウモリの姿で行くことはあるぞ。ここに本体を残しておかないと危険だからな。王があまり世情に疎いと困るだろう？　まあ勉学の一環だな」

それはお外で遊ぶとは言わないと思う！　エルベル様、本当に王様になるために色々頑張ってるんだろうな。でも、君はまだ子どもだよ？　甘えられる人はいる？　カロルス様やエリーシャ様みたいに、支えて包み込んでくれる人は？

ほどなくして、ナーラさんが控えめなノックと共に入室した。少し沈んだ表情に胸が痛む。

「宮さ……いいえ、エルベル様の恩人さん。このたびはご迷惑をおかけしました。ヤクス村でよろしかったですか？　このナーラが安全に送って差し上げますよ。もう、よろしいのですか？」

「うん、ちょっと待ってね！」

オレはタタッとエルベル様に駆け寄って両手を伸ばすと、きょとんとしたその顔を挟み込んだ。小さな体に大きな重荷を背負って、一生懸命に立とうとする少年。その支えになるのは、伴侶じゃなくてもいいはずだ。

「ねえ、エルベル様、オレまた来るよ。美味しいお菓子持ってくるからね、一緒にお外で食べようね。もっといっぱいお話ししようね！」

「――!!」

「子どもはもっとお外で遊んだ方がいいんだよ。オレがきれいなところに連れていってあげるからね。一緒に行こうね！」

エルベル様の大人ぶった顔が、くしゃりと歪んだ。

「……そう、だな」

涙を堪えた震える声は、それだけ言ってナーラさんに目配せすると、頷いた。エルベル様の身代わりのように、ぽろぽろと泣くナーラさんが、そっとオレを包み込む。

「エルベル様、またねー！」

ナーラさんにしがみついたまま、大きく笑って手を振った。

――やがて視界がクリアになった時には、オレは既に見慣れた村の門にいた。

「こちらでよろしいですか？」

ナーラさんが涙を拭いて微笑んだ。あたりはすっかり暗くなって、村の家に明かりが灯っている。

「うん、ありがとう。エルベル様によろしくね、オレまたそっちに行きたいって伝えてね？じゃあナーラさん、また、ね！」

「ええ、ええ。……どうかまた、いつか。ありがとう、ございました……！」

ナーラさんは哀しい顔でぎゅうっと俺を抱きしめた。

＊＊＊＊＊

華やかな笑顔が黒いもやとなって消えゆく、最後の粒子まで見送って、俺は目を閉じた。頬に残る柔《やわ》い小さな手の感触。やっぱりお前は温かいな。このほの暗い里で、お前がいるところは、陽が射しているように感じた。ありがとう、名も知らないヒトの子。そして、悪いな、もうお前に会うことはないだろう。不死者の街にヒトが来るべきではない。それに……いつか牙なしになったその姿、お前には見られたくない。

「また、こちらへ呼びますか？」

「……呼ばないと言った。しつこいぞ」

「ですが。我らに偏見を持っておりません、あなたには……」

「うるさい！　あいつになくとも世間にはある！　あいつがそれに晒《さら》される必要はない！」

グンジョーが突然形相を変えた。がしりと俺を掴んだ強い力に、思わず身を固くする。脳裏を過《よ》ぎったのは、あの時の記憶。頑丈な俺たちを容易く傷つけた禍々《まがまが》しい剣、そして、それを携えた従兄弟《いとこ》。あの優しいお兄さんだった人。……グンジョーまで裏切るならもういい。むしろ、望むところだ。瞬時に掠めた思考に、俺は抵抗の術をなくした。

しかし、いくら待ってもなんの衝撃も襲ってはこない。掴まれた顎をそのままに、そっと目を開けると、あろうことかグンジョーが声もなく泣いていた。

「なっ……グンジョー!?」

思わず手を振り払って、まじまじと彼を見つめた。まさか、鉄面皮《てつめんぴ》のこの男が泣くなんて！

「なっ、なんだよ？　どうしたんだよ!?」

俺？　俺が泣かせた？　そんなにキツく当たったたっけ!?　狼狽える俺に、グンジョーは泣きながら笑った。その温かな眼差しの中には、戸惑う俺が映っている。グンジョーのそんな顔、久しぶりだ。もしかしたらこの男も、ただのガキを王にするプレッシャーに1人耐えてきたのかもしれない。

「エルベル様……こんな……」

きょとんとする俺に両手を伸ばし、グンジョーは俺の歯列をなぞった。静かに頬を流れる涙をそのままに、微笑みが零《こぼ》れた。

「……こんな、ことが……」

両の親指で触れられた感触に、俺は心臓が止まりそうになった。……まさか、まさか！　震える右手を上げて、直接触れたその感触。自分の手が触れるものを信じられずに鏡に走った。

そこには、顔をくしゃくしゃにして泣く、ガキの姿が映っていた。そして、そのひん曲がった唇から、２本の美しい牙が覗いていた。

＊＊＊＊

暗くなる外を見やって、執務室に漂う重い空気にひっそりとため息を吐いた。俺の見つめる先では、アリスが普段と変わらずくつろいでいる。

「なあアリス、無事なのは分かってる。分かってるんだが、もうこんな時間だ。せめてもう一度連絡をとってくれないか？」

アリスは仕方のない人だなぁと言いたげな目でこちらを見ると、ぴくりと耳を動かしてあらぬ方を向いた。そして、そそくさと部屋の中央を向いてちょこんとお座りする。もさもさと落ち着きなく揺れるしっぽは、何を意味しているのだろうか。

「……アリス？」

その時、指輪を注視していたグレイが、カッと目を見開いて叫んだ。

「カロルス様！　反応が強くなりました！　これなら……！」

「どこだ！　俺に言え！　反応があるうちに向かってやる！」

グレイの言葉にスモークが勢い込む。

「それが……」

「グレイ、どうした⁉」

「いえ、どうやら本当に心配はいらないようで」

苦笑したグレイが、指輪から顔を上げた。

「ただいま～！」

部屋の中央で、柔らかな光と共に、場違いに呑気な声が聞こえた。

「きゅー！」

「アリス、ただいま！　チュー助の面倒ありがとうね」

きゃっきゃと戯《たわむ》れる2人（？）に、無言で近づいたスモークが、ゴツン！　と容赦ないげんこつをお見舞いすると、すぐさまどこかへ消えてしまった。いやー、あいつも人の心配をするようになったんだな、成長だな。

「いぃったぁー。なんで……？」

「なんでじゃない！　ユータ、そこに直れ！」

珍しく怒ったセデスが、くどくどとお説教を始めた。エリーシャとマリーはと言うと――。

幸せそうな顔で床に伸びていた。あの姿は刺激が強かったらしい。


「それで、ユータ、お前、その格好はなんだ？　一体どこに行っていた？」

ユータの衣装は、見たこともないほど豪奢《ごうしゃ》なものだ。まるでどこぞの王子様のようなその姿は、エリーシャたちを一発ＫＯしてしまう破壊力があった。

「格好？　あ！　しまった、これ着て帰ってきちゃった！」

「お前、その衣装は高価なものだろう？　まさか、勝手に着て帰ったのか？」

「違うよ！　どうしてもって着せられたんだよ。格好いいでしょう？　なんでも持って帰れ、って言ってたし、これを着る人もいないから、持って帰って大丈夫だったと思うけど」

「どういうことだ……？　お前、本当にどこに行っていた？　何があった？」

「えーと、お城、かな？」

「「「……は？」」」

「あのね、カロルス様、オレ、王様の友達ができたんだよ！」

「「「は⁉」」」

……お前は学校から家に帰るはずだったな⁉　一体どこに王様なんか転がってたんだ！　疑問しかないオレたちの心中などつゆ知らず、ユータは嬉しそうににっこり笑った。邪気のない笑顔に、そういえばこいつといるとこんなことばっかりだったと、頭の片隅で思い出した。

＊＊＊＊＊

「お前……ヴァンパイアの王って……よく無事だったな。ヴァンパイアはAランク相当の魔物だぞ？」

「ユータちゃん、本当に大丈夫だったの？　何もされてない？」

まあ何もされてないというと嘘になるかもしれないけど、今回は何かされたわけじゃないしね。彼らの立場がマズくなりそうなところは一応ぼかして、事の次第を説明したのだけど、当然のごとくそういう反応になるよね。

「大丈夫！　美味しいおやつをいただいたよ！　ヴァンパイアって魔物じゃないよ？　なのに、どうして魔物にされてるの？」

一通りのお説教を聞いて、エリーシャ様とマリーさんを起こして、やっと落ち着いて話ができた。マリーさんが、そつなくいい香りの紅茶を淹《い》れてくれた。

「どうしてって、かなり珍しい魔物だから見たことはないが、人の生き血を吸って眷属《けんぞく》にするって話だ。しかも不死の強力な魔物だから、普通に退治するのは難しいってな」

「魔物じゃないし、生き血なんて吸わないよ！　お食事はあちこちの調味料を使っててね、食材も豊富ですごく美味しかったよ！　このあたりの人よりお料理が上手だよ。眷属を増やすお話はね、結婚相手がヒトだったら、特別な指輪をプレゼントして、一緒に長く生きられるように眷属になってもらうんだって。ちゃんと承諾した人だけだよ」

まあ、オレは知らない間に渡されていたわけですが。ちなみにヴァンパイア同士なら、血族の指輪を交換ってことになるそうだ。

「あら！　なんだかロマンチックね」

「へえ、豊富な食材に美味しい料理か。こちらにも付き合うメリットがありそうだね」

「ふーむ……実際に会ってみんことにはなぁ。だが、あり得ないことではない、その昔は俺たち以外の海人とか森人とか、その他いろんな種族が『ヒト』とは認められていなかったからな。……今でも認められない種族もいるしな」

「そうなんだ……。でも、ヒトや動物は魔物とは違って見えるよ？　動物とヒトを間違えることはあっても、魔物とは間違えない気がするのに」

「お前はいい『目』があるからそうなのかもな。ま、機会があれば会うぞ！　向こうが大丈夫なら、だけどな！」

「――てめえら……！　そんな呑気なことで、危険なヤツらならどうするつもりだ！」

突如部屋に出現したスモークさんが、怒りの形相で怒鳴った。ちゃんとお話を聞いてたんだね。

「スモーク、危険なヤツらはどんな種族にもいるわ。ヒトにも、その人たちにも、魔族にも」

「そうだな。危険なヤツらがいないとは思っていないぞ。だが、それを言ってしまえばヒトにこそ危険なヤツらは多いだろう？　なあ、スモーク」

「うるせえ。どいつとも関わらなきゃ危険なんてないんだ！」

「それは随分閉鎖的ですね。それも危険がないとは言えませんし、発展も望めませんね」

「ふん、俺は1人で自分を磨いてきた。関わる奴が増えればそれだけ危険も増すんだよ！」

スモークさん……どうしたんだろう？　何か嫌なことでもあったんだろうか。

「うん、危険は増すかもしれないよね。でもね、きっと助けも増えるよ。エルベル様たちの一族はね、王族が全滅するところだったんだ。もし他の人たちに助けを求められてたら、また違った未来があったかもしれないよ？　選択肢は、ないよりも多い方がいいと思うの」

「そうだな、お前だって心当たりがあるだろう？　お前の気持ちは分からんでもないが……」

「勝手にしろ」

ふて腐れたように言うと、スモークさんは消えてしまった。

「……悪いな、ユータ。あいつは元からああいうところがあるんだよ。小さい頃、あまりいい目に遭ってなかったからな。寂しがりのくせに意地っ張りで、周囲にも馴染めなくてな」

「全く、もういい大人になったっていうのに、いつまで経っても駄々っ子のきかん坊なんだから！　あんまり拗ねてたらお尻ペンペンよ！」

スモークさんのお尻ペンペン！　エリーシャ様……それだけは、それだけはやめてあげて！

まるで反抗期の子どものような不憫《ふびん》な言われように、オレは同情を禁じ得なかった……。

とりあえずスモークさんも勝手にしろって言ったから、遠慮なく話を進めよう。だって、同じヒトなのに魔物だなんて、あんまりだよ。自由にエルベル様と遊べるようになりたい。約束したもの、あのきれいな泉をみせてあげるんだ！

――でも、お城には行けるけど、フェアリーサークルだとあの子を連れてはいけないの。場所を知らないと黒い霧での転移もできないと思うの。

えっ？　ああーっ！　そうか！　すっかり忘れてたけど、フェアリーサークルはオレしか連れていけないんだった。オレはガックリと項垂れた。

「ラピス、猛特訓だ！　それしかない！　がんばるしかないっ！」

そうだよ、どうせ習得しようとしてたんだから、この際本気で頑張ろう。そう、オレが転移を習得するしかない！　オレはぐっと拳を握って気合いを入れた。

「ねえ、すごく嫌な予感がするんだけど、ユータ、何を頑張るの？」

「えっ？　えーと……え、エルベル様たちとの架け橋になることだよ！　が、がんばるぞー！」

「まあ向こうにも都合がある、閉鎖的な生活をしているんだろう？　向こうだって受け入れに時間がかかるはずだ。あまり焦るんじゃないぞ」

「はーい！」

ダンジョンに住んじゃってるぐらいだもん、ものっすごい閉鎖的だよ。もしかして、ダンジョンに住んでいることも、魔物と間違われる要因だったりするんじゃないだろうか。エルベル様たちの一族には、あそこを出て各地で生活している人たちもいるけど、ダンジョンに住むことが多いそうだ。ヒトに見つかりにくいし、生まれ育った環境の方が落ち着くんだろうか。意外と快適なのかな？　冒険者になったらとりあえずダンジョンには行ってみたいよね！　その時はラキとタクトも一緒に行けるかな？　まだ見ぬ冒険に、オレは胸を高鳴らせた。

『あなたはもう十分に冒険してると思うわよ？』

モモの呟きは、未来に想いを馳《は》せたオレには届かなかった。

＊＊＊＊

「ふー……」

いつものように午前の執務兼勉強を終えて、部屋に戻ると、豪華な上着を放り投げてどさりとベッドに腰掛けた。肩の力を抜いてリラックスすると、無意識に右手が口元へ上がった。

あの日から、どのくらい経ったのか。「そんなに触っていると、またぽろっと落ちてしまいますよ！」なんてグンジョーは言うけれど、今でも信じられず、ついつい触れるのが癖《くせ》になってしまった。グンジョーは、俺の牙がまたなくなってしまうのではと気が気でないようだ。奴はあれ以来、ほんの少し表情の変化が大きくなった。もう鉄面皮とは言えないかな。

この奇跡は、やっぱりあいつだろうか？　前みたいに、奇跡の技で俺の牙を戻してくれたんだろうか？　薄暗い室内で、大きなベッドにごろりと横になると、つい考えてしまう。もうこのまま寝てしまおうか。時刻は真昼のはずだけど、隠れ里はいつでも薄暗い。

ぼんやりと天井を眺めながら、また牙に手をやって苦笑する。牙に触れるたびに思い浮かべてしまう面影は、結局、忘れられないのだろうか。最後まで俺を助けていったのか？　やっぱり、やっぱり女神様で……いやいや、男なんだから、神様？

「ははっ、ミソシル作る神様か。ガラじゃないな」

あの不思議な濁《にご》ったスープは、ミソシルって言うらしい。最初はしょっぱいスープだと思ったけど、じんわりと美味かったよ。今ではレシピを教わった料理人が、張り切って作ってくれるんだ。あの時の美味さには及ばないが、素朴な味は俺を落ち着かせる。あの柔らかい魚や鳥も美味かったな。そういえば菓子も作ると言っていた、さぞかし美味いものを作るんだろう。

『美味しいお菓子持ってくるからね、一緒にお外で食べようね』

ぐっと喉が詰まった。ダメだな、つい、思い出してしまって。1人でいるとガキに戻っちまう。そうだ、俺が王の務めを終えたら、会いに行ってもいいだろうか。ふと浮かんだ考えに自嘲した。あいつはヒトの子、生きている時間はほんのわずかだ。だから指輪を渡したのに……血族にならないなんて、本当に思い通りにいかないヤツだ。

一時の夢は楽しかったぞ。きれいな場所に美味い菓子、ここから俺を連れ出してくれるんだろう？　最高だな、その言葉。わずかに彩りの戻った世界は、あいつのお陰。お前はあと何年生きている？　せめてその間は立派な王をやってみせようじゃないか。ぐっと顔を引きしめた時、天井にふわりと光が灯った。

「うん……？」

半身を起こして目をすがめる俺の真上に、光の中から突如現れたのは……黒い髪、黒い瞳。

「あっ？　エルベル様ー！　久しぶり！」

「——はっ⁉」

どさりと落ちてくる体をキャッチして、まじまじと見つめた。混乱する頭を必死に働かせようとして、虚しく失敗する。これは……？　一体何がどうなった？

「あ……？　お前、なんで？　どうやって……？」

「戻ってくるって言ったでしょう？　一緒に色々遊ぼうねって、そう言ったでしょう？」

「いや……でも、だって……⁉」

無意識にぶんぶんと首を振った。そんなはず、ない。違う。

「あれから、オレ頑張ったんだよ。遅くなってごめんね。エルベル様、オレの名前も聞かなかったもん。絶対呼びに来ないって思ったの。ほら、現に今まで来なかったし」

「そ……れは……」

思わず視線を逸らそうとした俺を許さず、温かい小さな手は、あの時みたいに両頬を支えて、ぴたりと視線を合わせた。優しいとばかり思っていた瞳。星を浮かべたその漆黒の瞳は、なんて強い光を宿すのだろう。

「……だから、オレがここに来るよ。ねえ、エルベル様はどこに行きたい？　何がしたい？　オレがここから連れ出してあげる！　ねえ……一緒に、行くよね？」

にっこりと微笑んで差し出された、小さな手。

……その言葉はずるいじゃないか。俺がこんなに人前で泣くなんて。こんなにしゃくりあげて泣くなんて。

「……っく、なんだよ、なんだよそれ……プロポーズかよ。お、俺は、姫かよ……」

俺よりお前の方がずっと強引じゃないか。俺よりずっとカッコイイじゃないか。なんだよそれ。

一瞬きょとんとしたあいつが、眩しいほどの笑顔になった。

「『——囚われのエルベル様、オレがあなたの友となろう。生涯かけてあなたを守り、支えよう。そして、決して裏切りはしないとここに誓う。さあ、私の手を取って』」

……話すこともできずに泣きじゃくる俺は、もうその手を取るしかなかった。

ふわりと柔らかな光が俺を包んだ。一生懸命涙を拭うのに、あとからあとから溢れて……ガキみたいに泣く俺は、まるで本当にお話の中の姫だ、カッコワルイな。知っているとも、それは昔に読んだ絵本の一節。『友』ではなく『騎士』だったと思うが。

俺が欲しかった言葉を全てのせて、思い切り突き刺してきたそいつは、光の中で少しいたずらっぽく微笑んだ。

「オレはユータって言うんだよ。これでもう、忘れられないね？」


「着いたよ！　もう目を開けて大丈夫」

じっと瞳を閉じていたら、くすくすと笑う声がかけられた。閉じたまぶた越しにも、周囲が明るいことが分かる。そうっと目を開けると、木漏れ日の中でにっこり笑うユータがいた。

「まぶしくない？　もうちょっと明るいところに出るよ？」

「別に……明るくても大丈夫だ」

大丈夫でないのは俺の顔。きっとぐしゃぐしゃになっているだろう。しつこく流れ出ようとする涙に四苦八苦しながら手を引かれ、木立が途切れたところで目を細めた。

「ここ、オレの好きな場所なんだ。向こうはもっと広いんだけどね、あっちに行くとルーがふて腐れるかもしれないから」

「……すごい」

あれだけ止めようと苦労していた涙が、スッと引っ込んだ。きらきらした日差しを映して輝く、宝石のような小さな泉。湧き出る清水で水面《みなも》がゆらゆらと揺れ、色とりどりの草花は、命の喜びと輝きに満ちているようだった。

「ね、きれいな場所でしょう?」

「……ああ。こんなにも美しい……」

「ねえ、エルベル様、ここでごはん食べよう！　おやつも持ってきたよ！　こうやって——」

「お前……はしたないぞ！」

「エルベル様もするの！　行儀悪くってもいいの、誰もいないから！」

あはは、と笑うユータは、靴を脱ぐと、ズボンの裾を腿《もも》までまくり上げて泉の縁へ座った。素足を泉に浸して、ばしゃばしゃと清水を蹴り上げている。

「おい、お前っ、衣装が濡れる！　大人しくしろ！」

「いいんだって~そのうち乾くから！　ほら、エルベル様も！」

泉から足を上げたユータは、びしゃびしゃと水しぶきを散らせながらオレの方へ駆け寄った。

「こうして裾を上げておくといいよ！　濡れても乾かしてあげるから大丈夫！」

勝手にオレのズボンの裾もまくり上げると、靴なんかも引っぺがして有無を言わさず泉の方へ引っ張っていく。こいつ、見た目に似合わず本当に強引なやつだな。

素足で歩くと、みずみずしい草は思いのほか柔らかく、少し冷たく感じた。地面を覆うように生えた草は、俺とユータの足型通りにぺたんとなってはゆっくりと起き上がる。

「冷たいけどすっごく気持ちいいよ！　やってみて！」

見よう見まねで泉のへりに腰を下ろすと、笑顔に促されて、そうっと足を浸す。

「うわ、冷たっ！」

「あははっ！　そうでしょう！　でも気持ちいいよ〜！」

底まで見通せる澄んだ泉。俺の真っ白な足に、ゆらゆらと光の網がかかった。

「……きれいだな」

「そうでしょう？　ほら、見て！」

ばしゃっ！　ユータが豪快に足を蹴り上げると、波が光の軌跡を描き、飛び散った珠《たま》が七色に輝いた。ぱちゃぱちゃと水面に落ちる音すら心地いい。

「本当だ……」

「ね、オレしかいないんだから、好きにしていいんだよ！　こんな風に！」

「あっ⁉　ユータ⁉」

ざぼん！　と派手な水しぶきを上げて、ユータが泉に全身を投じた。冷たいと騒ぐものの、きゃっきゃとはしゃぐさまは、冷たさなど微塵も感じさせない。

「――ほら、エルベル様も入りやすくしてあげる！」

「わぶっ……⁉　げほっ、なんだ⁉　魔法？」

楽しそうだな、とぼうっと見ていたら、大量の水が降ってきた……！　ばしゃ、なんてもんじゃない、風呂をひっくり返したような水量だ。

「ほらね！　もう水に入っても入らなくても一緒だよー！」

「お、お前ー！」

この野郎！　頭に来て、ザボンと泉に飛び込むと、水中で回し蹴りを放った。

「うわー！　わぷっ！」

どおっと押し寄せた巨大な波に呑まれて、けんけんとむせるユータ。わははっ、どうだ、ざまあ見ろ！　ふふんと胸を反らすと、ユータが瞳を輝かせて詰め寄った。

「エルベル様、それ何ー⁉　すごいね、魔法？」

「俺らは魔法使えないぞ、今のは蹴りだ、ただの蹴り！」

「え？　でも転移やコウモリさんになるのは？　それに、どうして蹴りがあんな風になるの？」

「知らん！　貧弱なお前たちと比べたら、ずっとずっと力が強いからだろう。転移なんかも、生まれつき使える能力だ」

ヴァンパイアの力が強いことは常識だと思うが。こいつはそんなことも知らんらしい。

「ええっ！　そうなの？　そんなに細いのに！」

「うるさい！　お前だって細いだろうが！」

「オレはまだ4歳だもん！　これからもっとごつごつ逞しくて大きくなるんだよ！」

フン！　と力強いポーズをとったつもりらしい、華奢な女のような姿。

「……いや、無理だろ」


怒るユータの水魔法と、俺の身体能力を使った水バトル。一応、泉を壊さないよう気を使って行われたそれは、腹の虫の声で終わりを告げた。

「あーお腹空いた！　エルベル様のせいで！」

「お前のせいだろうが！　そもそも飯食いに来たんじゃなかったのかよ！」

ずっしりと重みを増した衣装に、ぼたぼたと滴る水滴。こんな格好なのに、どうにも口角が上がるのを抑えられない。衣装は重いが、何かが軽くなったような気がした。

「そうそう、美味しいごはん持ってきたんだよ！　じゃあ一旦乾かして――」

ひょいと振られた小さな手に、一斉に水滴が持っていかれて、ふわりと衣装が軽くなる。

「ドライヤー！」

不思議な言葉と共に、温かい風が心地よく俺を包んだ。思ったよりも冷えていたらしい手足がぬくぬくと温まって、ほうっと息を吐いた。魔法って便利だな……こんな幼子でもここまで使いこなせるものなのだな。

「よいしょっと！　はい、座って！」

目の前に出現したテーブルセットに戸惑いつつ腰掛けると、ユータが収納袋から次々と料理を取り出していた。熱いものは熱く、冷たいものは冷たく、その収納袋、随分高性能だな。次々と取り出される料理はどれも美味そうだ。そう、次々、次々と……。

「……なあ、ヒトの子はこのくらい食うのか？」

「えっ？　オレはあんまり食べないよ！　お皿2つぐらいで十分！　エルベル様はどのぐらい食べるの？　足りる？」

「どうして足りるかを聞くんだ……お前、一体何人分用意した？」

「さあ……？」

大きなテーブルいっぱいに並べられた料理の数々は、一口ずつ食っても腹一杯になりそうだ。

「だってカロルス様たちはいっぱい食べるよ？　しっかり食べないと逞しくならないよ？」

「うるさい！　俺たちはそういう体型にはなりにくいんだよ！」

「……そうなんだ……」

なんだ、その哀れむ視線は！　言っとくが、お前も絶対逞しくならないからな！

なんだかんだ言いつつ、結局2人で競って3分の1ほど平らげてしまった。どれも美味かった。美味かったが、もう食えん。隣でユータが大きなあくびをした。

「お腹いっぱいになると眠いね。ちょっと寝ていく……？」

やはり幼子だな、体を動かして腹を満たせばあとは寝るだけだ。漆黒の艶やかな瞳が、とろりと落ちてきたまぶたで隠れそうだ。だが、俺はそうもいかないだろうと苦笑する。

「寝入ったら困る。城で寝るか？」

「ふふ、エルベル様、お城に戻りたい？」

言われて初めて気付いた。そろそろ城に戻らなくては、と自然と考えていることに。だって、きっと心配している……心配？　誰が？　残ったのは俺しかいないのに？　なぜか揺れ始めた心に、思わず傍らのユータを見つめた。

「どうしたの？」

何もかも見通したような顔で優しく微笑む姿は、いっそ腹が立つほど俺を安心させた。

「そう、だな。心配……かけてるな。俺、なんで1人だと思ってたんだろうな。あんなにたくさんの人が、俺を心配していたのに」

最初こそ、王族の血筋への愛情だったのかもしれない。でも、それだけでもないんだ。俺を心配して、伴侶が見つかったと心から喜んだ人々。伴侶は、血を絶やさないために必要だったから。でも、それだけでもないんだ。俺がユータを忘れたくて、忘れたくなかったように……人の心はひとつじゃない、そこには、それだけではない想いがちゃんとあったのに。

「――戻ろうか。俺は、もらってばかりだ。ちゃんと返さなきゃな」

「もういいの？」

「いいさ、だって……お前、また来るんだろ？　連れ出してくれるんだろ？」

フン、と挑発して笑うと、ユータは明るい日差しの中で、にっこりと笑った。

「もちろんだよ！　お姫様！」

……この野郎。眉間に皺を寄せてつかつかと近寄る俺、逃げるユータ。ふわりと柔らかな風が水面を揺らし、きらきらと周囲を彩る光は、まるで極彩色の世界だと思った。

外伝　楽園

「お前ら明後日《あさって》休みだろ？　空けといてくれよな！」

部屋へ帰ってくるなり、アレックスさんの唐突な台詞に、オレたちは顔を見合わせた。

「それって俺はー？　俺も入ってる？」

今日もオレたちの部屋に入り浸っていたタクトが、ひょいと顔を覗かせた。

「タクトもいいぞ～！　ドンと来い！　テンチョーがこないだの仕事で結構稼いだらしくってさ！　奢《おご》りだよ、奢り！」

「やったー！」

喜んだオレたち3人の動きに、ベッドがガタガタと揺れた。でも、それってアレックスさんが勝手に誘っちゃって大丈夫なんだろうか？

「お前……それはお前が奢るときに言え。まあ、タクトはほぼ同室だからな、構わないぞ」

案の定、帰ってきたテンチョーさんが、アレックスさんの頭をチョップした。仕方ないと苦笑した顔は、とてもオトナに見えて格好よかった。

「まだ学生だからな、そのあたりの店でいいだろう。酒を飲むわけじゃなし」

「えー、俺飲みたいな！」

アレックスさんってもうお酒を飲むんだろうか。ビックリして見上げると、テンチョーさんは首を振ってみせた。

「あの馬鹿の言うことは聞かなくていい。体の小さいうちは、酒は毒だぞ」

それなら大人みたいな身長の2人は、もう飲んでいるってことだろうか。繋いだ手はカロルス様には敵わないけれど、既にオレの3倍くらいはあった。この世界はいろんな種族がいるせいか、お酒は何歳からって明確なルールはないんだ。じいっと見つめる視線に、多少は、な、とテンチョーさんは苦笑した。

「俺だってちゃんとわきまえて飲んでますー！　これ、高ランク冒険者の常識な！」

アレックスさんが割り込んで胸を張った。明らかに酒を飲み慣れない新人冒険者は、よくカモになるそうで、目が覚めたら一文なし、ならまだいい方だとか。お酒ってどんな味だったかなあ、酔っ払ってみたいけれど、まだまだ先になりそうだ。

「この店にしようか。豪華じゃないが、素朴で美味いぞ」

入ったのは、落ち着いた雰囲気の家庭的なお店で、狭い店内にはちらほらと他の客の姿もあった。店員さんが頭に巻いた布のせいだろうか、なんとなくお総菜屋さんを思い出した。

「ここのお料理、家で食べてた味だ～！　僕、また来ようっと～」

ラキが嬉しそうに煮物を頬ばった。出されたお料理は、確かに目を引く豪華さはなかったけれど、どこか懐かしい家庭料理だ。親元を離れて寮生活をする学生には堪らない味だろう。知らないお料理なのに、郷愁の思いは共通するのだろうか、じんわりとお腹の底が温かくなるような気がした。オレも今度、肉じゃがと煮魚とお味噌汁を作ろう。だし巻きとおひたしも添えるといいな。カロルス様に出したら、きっと肉がないって嘆くんだろうな。

懐かしいお醤油の味に思いを馳せていると、にわかに厨房《ちゅうぼう》が慌ただしくなり、店員さんが1人歩み寄ってきた。

「あんた、ちょいと頼まれてくれないかい？　ちょっとヘボやっちゃったみたいだ」

困った顔でため息を吐いた店員さんは、テンチョーさんの顔見知りらしい。

「また入荷ミスか？　もうナース蒸しばっかり食わないぞ」

うんざりした様子のテンチョーさんに首を傾げると、アレックスさんがこそっと耳打ちしてくれた。どうやらこの人が店長さんらしく、そそっかしい店長さんはよく材料の購入でミスをやらかすらしい。ナースを余らせた時なんか、アレックスさんも連れてこられて、毎日ナース蒸しを食べる羽目になったそうな。

「そっちじゃないんだよ、足りない方！　だから急いでんのさ。そっちのお友達も学生さんなんだろ？　一緒に手伝っておくれよ」

報酬《ほうしゅう》は弾むから！　とウインクした店長さんに、アレックスさんがガッツポーズを取った。


「お前たちは先に帰っているんだ」

「そーそー、いくら街の近くでも、怖～い魔物はいるんだぞ？」

ばさりと丈夫な上着に袖を通しつつ、２人が口を揃えて言った。

「大丈夫！　ちゃんと実地訓練もしてるんだから！」

正式な依頼なら、さすがについていったりしないけど、これは単なる「おつかい」だもの。

お店で頼まれたのは、クヌラ狩り。ただ、狩りといっても討伐の方じゃない。クヌラは大きな木に生《な》るナッツみたいな固い実だ。そのまま炒《い》って子どものおやつにもなるけれど、お肉と相性がいいのでお料理にも使われるそう。ただ、ハイカリクでは一般人でも街の近くで採ることができるので、あまり店頭で販売はされていないらしい。

「おばちゃんたちだって採りに行くんだぞ、絶対行く！」

『そうだそうだ！　独り占めしようったってそうはいくか！　こっそりついてけばいいんだぜ！』

チュー助とタクトが左右対称にシャキーン！　としながら訴えた。２人はいつの間にか意気投合したらしい。

「僕も行きたいな～。あのあたり、いい石があるんだよね～」

テンチョーさんとアレックスさんが顔を見合わせた。

「だめだ、テンチョー、こいつら勝手についてくる……」

「お前たち、実地訓練で何を習ってるんだ……外は怖い場所だったろうが」

ラキとタクトが顔を見合わせて、意味ありげにオレを見た。

「怖いことはあるけどなぁ」

「美味しいことの方が多いよね～」

それはオレもそう思うけど。でも、どうしてオレが悪いみたいにこっちを見るの？


結局、見える範囲にいる方がまだマシと、オレたちは連れていってもらうことに成功した。

「本当に街の近くなんだね！　これなら危なくないんじゃないの？」

「そう言ってお前みたいなのがひょこひょこやってくるから、野盗なんかが出ることもあるんだぞ？　魔物はそうそう出ないが、念のため、お前たちは木の上にいるんだ」

クヌラの木は、本当に街のすぐ近くにあった。門からは少し離れるけれど、街の塀からほど近い、ちょっとした林のような一画だ。街が近くて魔物が少ないせいか、それとも人が食べられるものを植えているせいか、動物がたくさんいるようで嬉しくなった。

「俺たちが下にいるから、お前らは上の担当ね！　あんまりてっぺんまで行くんじゃないぞ〜、飛ぶ魔物だっているから！」

普段は軽いノリのアレックスさんだけど、のどかな林でも油断なく警戒する様子は、実力者であることをひしひしと感じさせた。そうしていると、少し格好よく見えるんだけどなあ。

大きな木によじ登り、枝を揺らして実を落としたり、高いところの実をむしったり。実を集めるのはとても楽しくて、オレはもっと、もっとと上へ登っていった。

「うわっ⁉」

みんなより一段上に登った時、視界の端に何か大きなものが飛んできたのが映った。咄嗟に木の幹にしがみつくと、クヌラの木は大きくしなって揺れ、タクトとラキも悲鳴を上げて木にすがった。

「どうした⁉」

響いたテンチョーさんの声に顔を上げると、大きな瞳と目が合った。

「……え、と。こ、こんにちは」

せわしなく鼻を動かしてこちらを窺っているのは、オレの知っている生き物でいうと……ムササビだろうか。ただし、ものすごく大きい。どのくらい大きいって、オレより大きい。『さすがに大きすぎない？』と、モモの呆れた呟きが聞こえた。

「ムサラビー？　なんでこんなところに？」

「ユータ、魔物じゃないから、慌てないで降りといで！」

テンチョーさんとアレックスさんは、どことなくホッとした様子だ。確かに魔物の気配は感じないし、こしこしと小さな手で顔をこすったムサラビーは、大変愛らしい。でっかいけど。

「ユータ、降りられる～？　幻獣だから噛んだりしないと思うけど、落っこちたら危ないよ～」

もしかしてクヌラの実を採りに来たんだろうか。幻獣なら、言葉がある程度分かるはずだ。

「この実を集めに来たの？　場所を譲るね、オレ、降りるよ」

じいっとオレを見つめる大きな瞳は、何を考えているのかちっとも分からない。ばいばい、と手を振って下りようとした時、ムサラビーがこちらへ近づいた。ゆんゆん揺れる枝に、再び木へしがみついて耐える。のしのし、のしのし。

「えっ……えっ？」

ずいずい近づいてくるムサラビー。とっても柔らかくて温かそうで、抱きつきたい、とか考えてる場合じゃない。どうして接近してくるのかサッパリ分からないけれど、ひとまずオレより大きい獣だ。用心に越したことはないだろう。

「オレ、飛び降りるよ！」

あちこちに枝が広がっているから、それを足場にしていけば降りられるだろう。もっふもふと迫ってくるムサラビーを待っていたい気もするけれど、仕方ないと枝を蹴って飛び降りた。

ふわっと髪が持ち上がり、下の枝に着地しようとした時、ぼふっ！　と何かがぶつかった。唐突に縦移動から横移動に変化して、三半規管がおかしくなりそう。

「ゆ、ユータっ⁉」

焦ったテンチョーさんたちの声が聞こえて、どすんと衝撃があった。隣の木に飛び移ったムサラビーが、オレの襟元を咥え直すと、よじよじとてっぺんまで登って……。

「わああ！」

バッと再び大きく手脚を広げて飛び立った。こ、怖い！　ぶら下げられていると、今にも落っこちそうでめちゃくちゃ怖い！　このままよりは、と、オレはぶらんぶらんする反動を利用して、ふわふわのお腹にしがみついた。あ、すっごく柔らかい。

「大丈夫――！　またあとでねーー！」

必死に追いすがろうとするテンチョーさんたちに大声で知らせると、一体どこへ行くのだろうと、ふさふさの白い顎を見上げた。

ムサラビーは、ふらふらしながら、一生懸命に木を登っていく。どうしたっていうんだろう、いくらオレがムサラビーより小さくても、さすがに重いだろう。食べるわけでもなし、どうしてこんなにへとへとになりながら連れていこうとするのか。

「ねえ、何か用事があるの？　オレちゃんとついていくから、運ばなくていいよ？」

言ってはみたものの、ムサラビーは聞く耳を持たない。と、サカサカと登っていた腕と脚がずるりと滑った。ムサラビーは咄嗟に反転して滑空したものの、高さが足りずに地面へと不時着する形となった。

「だ、大丈夫？」

地面に横たわったムサラビーは目を閉じてぐったりしていた。だらりと四肢《しし》を投げ出して、疲労困憊《こんぱい》の様相だ。何か事情があるのだろうと、オレはそっと魔力を流して回復に努める。

回復しつつ大きな体を撫でていると、荒い息を吐いていた獣は、やがてぱちりと目を開けた。

「大丈夫？」

「ククルゥ」

なんて言っているかは分からないけれど、ありがとう、だと思っておこう。ひょこっと起き上がって素早く周囲を見回すと、彼？　はまたオレを咥えようとする。

「先に走ってくれたら、ついていくよ！　また倒れちゃうよ？」

ぽんぽん、とオレより高い位置にある頭を撫でると、大きな瞳がじっとオレを見て、くるりと背を向けた。どうやら信頼してくれたのだろうか？　ピョンピョンと大きく跳ねていくムサラビーを追って、オレも走り出した。


は、速いね！　樹上型の生き物じゃないの？　時々立ち止まって振り返ってくれるけれど、林の中を追っていくのはなかなかに骨が折れた。

「はっ、はあ……ふうー、ここ？」

呼吸を整えて顔を上げると、目の前はぽかりと開け、眩しいほどに陽が降り注いでいる。額の汗を拭って一歩踏み出すと、木々の間を抜けた風が、オレの周囲の熱気をはぎ取っていった。

「気持ちいいね、ここに何かあるの？」

ムサラビーは鼻をひくひくさせて天を仰ぐと、高く長く鳴いた。呼びかけるようなそれが空に消えた頃、徐々に周囲が変化してきたのを感じる。

「あれ？　目が……？」

視界がぼやけて、木々の輪郭がおぼろげになってきたのを感じ、慌てて目をこすった。

——違うの、ユータの目じゃないの、霧が出てるの。

ラピスがすとんとオレの肩に下りてきた。

——何か来てるの。

みるみるうちに目の前は真っ白な霧に覆われ、開けた空間は紙のように白く塗り潰された。

振り返ると、林の方は不思議なほど霧が侵入せず、視界がクリアだ。

その時、隣に佇《たたず》んでいたムサラビーが、ぽーんと大きく跳んで霧の中へと踏み込んだ。

「あ……そっちに行って大丈夫？　危なくない？」

霧の中でうっすらと見えるシルエットが、こっちへ来いと言っているようだ。これはなんだろう。普通の霧ではないと思うけど、入って大丈夫だろうか。

「ユータ！　大丈夫か!?」

『主ぃ！　連れてきたぜ』

チュー助を抱えたタクトと、ラキ、テンチョーさんが追いすがってきた。案内役のチュー助（と、イリス）は無事に役目を果たしてくれたようだ。

「こ、これは……？　なぜここにだけ霧が？」

「テンチョーさんは、これ何か知ってる？　ムサラビーが中で呼んでるの」

テンチョーさんは難しい顔をして黙り込んだ。

「迷いの森の霧に似ているが……こんなところにあるわけはないし、幻覚でもなさそうだ。魔物の可能性もある。しまったな、アレックスも残しておけばよかったか」

そういえばアレックスさんはどうしたのかと思ったら、テンチョーさんの指示で街へ向かったそう。荷物を届けること、不測の事態に備えて応援を呼ぶこと、テンチョーさんの判断は大人顔負けだな。

「とりあえず、大人の人に知らせる～？　早く離れた方がいいんじゃない～？」

「えっ？　霧の中、入ってみねえの？」

オレもムサラビーが気になるけれど、何かあった時にみんなを巻き込むと困る。諦めるしかないかと、霧に目をやった時、ムサラビーが察したように鳴いた。途端に、霧がぶわりと波のように膨らみ、あっという間に視界が真っ白になった。

「わっ⁉」

あまりに濃い霧に、平衡《へいこう》感覚も失いそうになった瞬間、ぐいっと体を引かれた。

「離れるな！　お互いを掴んで離すんじゃないぞ」

咄嗟にオレたちをまとめて抱えた頼もしい腕を頼りに、お互いの体を掴んでぎゅっと固まった。

「なんだなんだ⁉　なあなあ、霧の魔物って何かいたっけ？」

「痛っ！　タクト、僕の足を踏んでるよ～！」

「静かに！　全員いるな？」

緊張をはらんだテンチョーさんの声が、すぐ耳元で聞こえた。タクトとラキもいるし、バラバラになるのは避けられたようだ。でも、このままじゃ身動きがとれない。周囲は、まるで白い絵の具を流したように真っ白な世界だ。

白い世界でしばらく息を殺していると、とすっ、とすっ、と草を踏む音が近づいてくる。テンチョーさんが、無言でオレたちの前へ回った。

「クルルゥ」

「あ！　この声、ムサラビーだよ！　……あれ？」

声を頼りに目をやると、うっすらと影が見える。あたかも白いキャンバスに徐々に絵が描かれていくように、みるみる視界が晴れていった。

「うーん、俺の気のせい？　なんかさっきの林と違くねえ？」

違うよ、全然違う！　霧が晴れてみれば、オレたちが立っていたのは見知らぬ森の中だ。遊歩道のような明るい林ではなく、一面ふかふかした苔に覆われ、倒木から芽が出ているような、手つかずの森。

——ここ、気持ちいいの。転移？　フェアリーサークルみたいなの。

「転移……？　別の場所に来ちゃったの？」

「まさか……」

あの霧が、フェアリーサークルの光にあたるのだろうか。テンチョーさんが青い顔をしているけれど、ラピスがのびのびしているところを見るに、危険はなさそうだ。

「どうやって戻るの～？　僕たち、どうしよう～」

「ムサラビーが連れてきたんだろ？　あいつに頼んだらいいんじゃねえ？」

みんなの視線がムサラビーに集中すると、忙しく口元を動かした獣がくるりと背を向けた。ちらっと振り返って歩き出す姿は、いかにも「ついてこい」だ。

「仕方ない……ひとまず、どこに連れていきたいのか確認するぞ」

テンチョーさんが、深くため息を吐いて顔を引きしめた。

ゆっくりと飛び跳ねるムサラビーに連れられて、オレたちは緑の森を歩いた。足元はまるで毛足の長い絨毯《じゅうたん》を踏むように柔らかく、堂々とした木々の幹は、しっとりと苔に覆われ、まるでマントを纏った王様のようだった。空気まで緑色になったかのような空間の中で、時折小さな生き物が目の端を掠めていく。

なんて美しい場所だろう。オレの目には光球がふわりふわりと浮かび、魔素のたまり場は、虹色の雲となって見えた。漂うのは、清廉な大地と大らかな木々の香り。生命の魔素の割合が、とても高い。同じ生命の魔素でも、こんなに色々な香りがするんだね。体中が心地よい魔素に満たされて、内側から輝くような気さえした。

――ユータ、気のせいじゃないの。すごくきれいなの。

ラピス曰《いわ》く、いつか妖精さんたちが言っていたオレの光、それが眩いほどに増しているそうだ。他の人の目には見えなくてよかった。オレは目を閉じて深く息を吸い込んだ。


「どこまで行くの～？」

「でもここ、疲れないな！　こんなきれいなところ、来られてよかったじゃん！」

「帰れたらな……」

ここにいると、ふわふわと意識が拡散してしまいそうで、3人の声にハッと我に返った。帰れたらか……フェアリーサークルではオレしか転移できないからなぁ。

「あ、森を抜ける～？」

唐突に森が途切れ、ムサラビーが明るい光の中に飛び込んでいった。優しい森の光から、煌々《こうこう》と眩しい陽光にさらされ、思わず手をかざして目をすがめる。

『ようこそ、幼子』

そっと囁くように、大切に発せられた言葉が耳をくすぐって、かざしていた手を下ろした。

「わあ……きれいだね」

森を抜けた先には、真っ白の美しい馬が群れていた。その額からスッと伸びているのは、ガラス細工のように儚く繊細な、1本の角。陽の光を受けて、その姿は幻想的に輝いて見えた。

「ユニコーン……？　こんなに？」

テンチョーさんが呆然と群れを見つめた。ユニコーンはあまり群れで見かけないのかな？

『幼子、こっち』

ぶるる、といななないた1頭がツカツカと歩み寄って、じっとオレを見つめた。念話だろうか？　幻獣は、念話ができる種族もいると聞くけれど、それはかなり高位の存在のはずだ。テンチョーさんが繋いだ手を後ろに回し、オレをかばってじりじりと後退する。幼子、と言うものの、それは明らかにオレを指しているような気がした。

「なんの用だ、言葉が分かるだろう？　元いた場所へ戻してくれないか」

『分かる。返すのは、あとで』

『幼子、おいで。会っていいのは、幼子だけ』

囁き声が、サラサラと風のようにあちこちから聞こえる。オレは、なおも食い下がろうとするテンチョーさんの手をぎゅっと握った。

「ユータ？」

「テンチョーさん、オレに用事があるみたい。ちょっと行ってくるだけ、危なかったら帰ってくるから、大丈夫」

にっこり笑うと、するりと手をすり抜けて前へ飛び出した。

「タクト、ラキ、テンチョーさんをお願い！」

「おう、あんまり心配させんなよ！」

「任せて〜！　気を付けてね〜」

オレを追ってこようとするテンチョーさんを、２人がはしっと掴まえた。振り返って手を振ると、オレはユニコーンと共に草原を走った。

『乗って』

「え、いいの？」

大きく跳躍《ちょうやく》したオレをすくい上げるようにして背中に乗せると、ユニコーンは高くいなないてスピードを上げた。

きゅっと引き締まった体は、固くて、とても温かい。ぴたりと寄せた体に力強い振動が響き、長いたてがみが風になびいて、ささやかな獣臭と共にオレの頬をくすぐった。

気持ちいい。オレも、ずっとこうしてここを走っていたい。一体となった体に、ユニコーンの駆ける喜びが伝わってきて、オレは知らず微笑んでいた。

やがて小さな森が見えてきた頃、スピードを落とした群れが立ち止まった。まるで人工的に作られたお社《やしろ》のように、見渡す限りの草原に存在する、小さな森。

『幼子、ここからは、ひとり』

『どうぞ』

すとんと背から滑り降りたオレを、大きな鼻面がそっと森の方へ押しやった。

「送ってくれたの？　この中に行けば分かる？」

『分かる。会える』

誰かが待っているんだろうか。ムサラビーにユニコーン、そんな幻獣たちが一生懸命に案内しようとしたのは、どうしてなんだろう。オレは、不思議に思いながら、1人で森の中へ踏み込んだ。

「どっちへ行けばいいのかな」

——ユータが思う方へ行けばいいの。

本当に？　小さいといっても公園じゃないんだから、迷子になっちゃうよ。ひとまず真っ直ぐに進んでいるつもりだけれど、もはやどっちから来たかも分からない。オレは、さらさらと聞こえた水音に導かれるように、ささやかな小川に沿って森を進んだ。

「ピピ！」

珍しく、ティアが先導するように小川に沿って飛んで、苔むした枝に止まる。ラピスもティアも、この森がとても好きみたいだね。

「本当に気持ちいい場所だもんね」

――ここは聖域みたいなの。だからユータも聖域に来たらきっと気に入るの。

そっか、こんなに素敵な場所なら、ずっとそこで暮らしたいね。みんなを召喚できたら、こんな美しい場所があるんだよって教えてあげたい。

視界が開けると、小さな小川を辿った先は、大きく広がった湖になっていた。ルーの湖はぞくりとするほどの静謐《せいひつ》さを感じるけれど、この湖は温かく、柔らかく、どこまでも受け入れてくれる優しさを感じた。色々な虫が飛び、花が咲き乱れる光景に、ふわっと頬がほころんだ。

『素敵でしょう』

小鳥1羽も驚かせまいと気遣うような、穏やかな声が聞こえた。湖のほとりで、ゆったりと半身を起こした大きな生き物は、こちらを見つめて微笑んだようだった。

『迎えに行けなくてごめんなさいね。こちらへいらっしゃい』

「わあ、こんにちは！　ユニコー……ン？」

オレは駆け寄って首を傾げた。一角を額に抱いた馬、という点は同じだけれど、さっきまでのユニコーンの倍以上あるだろう。そして何より、違う部分があった。

『さあ……？　わたしは何かしらね？』

美しい獣は挨拶するように、そっとオレの胸に鼻面を当てた。決して武器にならない、翡翠《ひすい》のような儚い角がオレの目の前にさらされ、馬よりずっときめ細かなたてがみがサラサラときらめいた。どこもかしこも緑色の体は、森と溶け込むようだ。

「ねえ、どうして緑色なの？　どうして翼が生えてるの？」

『さあ？　どうしてかしらね。ただ言えるのは、私の名前はアリーラルってことよ』

アリーラルと名乗った獣は、背中の大きな翼をばさばさ、と羽ばたかせてくすくすと笑った。伏せたアリーラルに寄り添うように、すとんと座り込んで見上げると、深い緑の瞳も嬉しそうにじっとオレを見つめた。

『ごめんなさいね、あの子たちが連れてきちゃったのね。びっくりしたでしょう。会えて嬉しいわ、愛しい幼子』

「うん、オレも会えて嬉しい！　ビックリしたけど、来られてよかったよ！　またここへ来てもいい？」

アリーラルは、嬉しそうに、でも困ったように目を伏せた。

『気に入ってくれて嬉しいわ。でもね、難しいのじゃないかしら』

「転移でも来られない？」

『そうね、また会いたいけれど、やめておいた方がいいと思うわ』

もの悲しい緑の瞳はただひたすらにオレを見つめた。もう会えないってことだろうか。でも、転移を頑張ったら、きっとここへも来られるんじゃないだろうか。フェアリーサークルだって設置できるようだし、多分大丈夫。

『ねえ、ひとつお願いがあるの。そのお手々で、私の角に触れてくれないかしら？　あなたの輝きが見たいの』

「角に触ってもいいの？　触ったら見えるの？」

オレはどきどきしながらそっと手を伸ばした。触れただけで壊れてしまいそうな繊細な角は、宝石のように硬質で、温かかった。と、角が内側からほんのりと光を帯びた。

『……ああ、本当にきれい。ありがとう、これでもう満足よ』

アリーラルは、大きな緑の瞳から一筋涙を溢れさせた。

「どうしたの？　どうして泣いてるの？」

小さな手を伸ばして涙を拭うと、アリーラルはついと天を仰いで、オレに向き直った。

『うふふ、大丈夫よ、嬉しかっただけ。さあ、幼子の時間は短いわ。来てくれてありがとう、お友達が待っているのでしょう？　このまま、真っ直ぐ歩くといいわ』

「うん……きれいな場所を見せてくれてありがとう」

急かすような声音に、別れの気配を感じて、少し眉を下げながら立ち上がった。じゃあね、と振り返った背中に、アリーラルの視線を感じる。森を出るまで、一緒に行けないかな。そう思ったところで違和感に気が付いた。ぴたりと立ち止まると、全身の感覚を研ぎ澄ませてアリーラルの元へと駆け戻った。

『幼子、どうしたの？　私がいるから迷子にはならないわ、大丈夫よ』

「ねえ、じゃあどうして一緒に行かないの？　一緒に行こう？」

『……ごめんなさいね、私はここの主だから、行けないの』

「どうして？　ねえ、アリーラル、どうして幻獣たちはオレを連れてきたの？　……その脚はどうしたの？　胸の奥に隠してる、それは何？」

一歩踏み出したオレに、アリーラルは目を見開いて、上体だけのけ反らせた。やっぱり、脚はピクリとも動かさない。確かめようと手を伸ばすと、アリーラルが悲鳴を上げた。

『だめ！　触っちゃだめよ！』

オレの目の前で、みるみるうちにアリーラルの四肢と半身が大地に埋もれ、苔に覆われた。

『バレちゃったのね……せっかく見栄を張ったのにねぇ』

アリーラルは、荒い息を吐いて、くたりと体を横たえた。美しかった翡翠の体はどす黒く変色し、抑えに抑えていた嫌な気配が漂い始める。これは、ルーと同じ？　おかしいと思ったんだ、ここに動物や幻獣がいないことを。そして、ユニコーンたちが森へ近づかないことを。

『さすが、幼子ね。ごめんね、もう長くはないのよ。あの子たちも必死なの、治せないと言ってあるのだけど。これは皆を守る力を得た代償、理《ことわり》に触れた定めなのだから。さあ、もうお行きなさい』

　幻獣たちは、オレの生命の魔力を感じて、藁をも掴む思いで連れてきたのだろう。本当に、よく連れてきてくれたと感謝しかない。

「諦めないで！　ここを、ここの生き物たちを守っているんでしょう？」

『ええ、ええ……でも、もう限界なの。ごめんなさい、大地に根を張っても、もう無理なの』

　アリーラルが悔しげに目を閉じて涙を流した。

「大丈夫！　アリーラルが頑張った分、オレが間に合ったんだから！」

既に抑えようもなく溢れ出した嫌な気配で、空気が重く、胸苦しい。でも、ルーに比べればずっと軽い。確か、『神殺しの穢《けが》れ』って言ってた。これは高位の生き物の病気だろうか？

必死にオレを近づけまいとするアリーラルに構わず、苔に覆われた脚へ手を置いた。

『幼子！　やめてちょうだい、あなたが侵されたら……』

　抵抗することもできず、アリーラルはただ悲しい瞳で見つめた。絡みつく嫌な気配にぐっと眉をひそめつつ、オレは緑の瞳をしっかりと見つめ返した。

「アリーラル、助けるから！」

今度は無謀じゃない。方法もあるし、この程度なら‼　オレは確信を持って浄化を始めた。

◆◇◆◇◆

「ユータ、大丈夫かな～」

「やはり、今からでも探しに……」

「馬に乗っていったぜ？　この人数でこの広さを探すの無理だって」

木陰でのんびりと待つ2人と、そわそわと歩き回るテンチョーさん。フェアリーサークルで戻ってきたオレは、くすくす笑ってテンチョーさんに飛びついた。

「うわっ⁉　ゆ、ユータ！」

「ただいまー！」

ラキとタクトがお帰り、と笑って、テンチョーさんが、こいつ！　とオレの頬を引っ張った。

「――それでね、ええと、ケガしたユニコーンがいたから、その、回復薬をあげたの」

来た時と同じように、オレたちは跳ねるムサラビーに連れられて森を歩いた。テンチョーさんの手が、ガッチリとオレの手を握っている。逃げないから、大丈夫だよ？

「ユニコーンは普通の回復薬じゃ効かないだろう、治療できるほどの回復薬を持っていたのか？　そんな高級品をまさか幻獣に……？」

どうやらユニコーンは毒など身を害するものに強い代わりに、薬も効きにくいそうで……。

「え、えっと、大丈夫！　その、『しょうみきげん』切れたやつだから！」

「しょうみきげん……？」

「あ、ほ、ほら、霧が出てきたよ！」

前を行くムサラビーの姿が徐々に淡く消え、別れを告げるような鳴き声が聞こえた。

『――幼子、ありがとう。また、おいで』

霧の中でそっと聞こえた声に、満面の笑みを浮かべると、どこへともなく手を振った。

「うん！　また、会いに来るからね！」

真っ白になっていく視界の端に、ちらりと翡翠色が掠めた気がした。


「お、元の場所だな！　あそこでもっと遊びたかったなー」

ちぇ、とタクトが頭の後ろで手を組んで、ラキに苦笑された。

「お前たちは大物だな……帰ってこられた……ああ、私は一刻も早く街に帰りたいよ……」

テンチョーさんが深く長いため息を吐いた時、賑やかな声が聞こえた。

「テンチョー!? どこ行ってたの!? 俺めちゃくちゃ心配したんですけどぉー！」

うわーんと飛び込んでこようとしたアレックスさんを、テンチョーさんがガシリと顔面を掴んで止めた。

「ああ。心配されるようなことをしてきたとも。ギルドの人も来ているか？」

「来てるけど、いないってんで、危うく捜索隊が組まれるところだよ！」

オレたちは、アレックスさんの案内で慌ただしくギルドスタッフの元へ向かった。


「――『霧の森』かあ……僕たち、すごいところに行ってきたんだね～」

街へ帰ると、説明はテンチョーさんに任せて、オレたちはギルドの外で座って待っていた。

どうやらオレたちがいたのは、通称『霧の森』と呼ばれる場所らしい。霧と共に現れ、運よく辿り着いても、すぐに元の場所へ追い返されてしまうのだとか。なんでも、手つかずの豊富な素材が溢れているっていう、冒険者内の噂があるらしい。素材には溢れていただろうけど、あの美しい光景を見て、何かを採って帰ろうという気にはなれなかったけどな。

「本当だね、普通の生活の中に、不思議なことがたくさんあるってすごいね……」

カロルス様、またビックリするかな？ この世界は、怖いことがたくさんあるけれど、不思議で素晴らしいこともたくさんある。オレは感慨深く空を見上げた。

「ううん、ユータ、普通はそんなことないから〜」

「普通は毎日食って寝て仕事するだけだぜ？　不思議なことなんかないって」

……あれ？

『不思議なことは、ユータに起こってるんじゃないかしら』

そ、そんなはず……おかしい、オレ以外の場所で起こった不思議が思い出せない。

「もう結構ユータの不思議は経験してるけどさ、この調子だとこれからどうなるんだろうな！」

「僕たち、大丈夫かな〜」

オレを見て笑った2人は、口調とは裏腹に、大丈夫だと言っている気がした。


「ねえラピス、アリーラルは神獣なの？」

――違うの。でも、そうなるかもしれないの。理に触れたって言ってたの。

「理って何？」

――知らないの。知ったら、触れたことになるの。ラ・エンなら多分知ってるの。

えーと、確か聖域にいる長老だって言ってたね。そっか、幻獣や神獣たちの禁忌《きんき》みたいなものかな？　無闇に知ろうとしない方がいいのかもしれない。薄闇の中、ベッドで横になっていると、3つのベッドから気持ちよさそうな寝息が聞こえる。こんな時間にみんな寝ているなんて、まずないことだ。やっぱり普段と違う出来事に、だいぶ消耗したんだろう。

『あなただって、疲れてるんじゃないの？』

「うん、でもオレ、あの森にいると疲れにくいの」

生命の魔素に溢れたあの場所は、とても心地いい。目を閉じると、しっとりとした森の空気や、豊かな香りが脳裏によみがえってきて堪らなくなった。

「ねえ、ちょっとだけ、戻ってみようか」

ちゃんとフェアリーサークルで戻れるか確認するだけ、まだ夕方だし、すぐに帰ってくるから。オレは自分に言い訳しつつ、光に包まれた。


そうっと瞳を開くと、そこはあの美しい森だった。ちゃんと戻ってこられることに、ホッと息を吐いて歩き出す。そろそろ日が沈み、あたりは暗くなっているというのに、森の中は徐々に明るくなっていく。大地から、水面から、ふわりふわりと光が漂い、空と交代するかのようにあたりを照らし出していた。

「うわあ……」

『夢みたいな場所ね』

ラピスとティアが光球の中を楽しそうに飛び回り、周囲を映すモモの瞳は、星のように輝いていた。

『うふふ、こんばんは』

あまりの美しさに立ち止まっていると、スッと目の前の樹から翡翠の角が覗いた。続いて滑らかな馬体が優雅に歩を進め、その姿をオレの前に晒した。

「アリーラル！　その、戻ってこられるか試してみたくって」

今日お別れしたばかりなのに、もう戻ってきたなんて、なんだか気恥ずかしくて俯いた。

『いつでも歓迎するわよ、昼間はゆっくりできなかったものね。でも、幼子はもうおやすみの時間じゃないかしら？』

「うん、だから、少しだけ。もうすぐ帰るから」

アリーラルは、言い訳がましく早口になったオレに、すっと体を屈めた。

『そう。じゃあ、少しだけいいものを見て、帰りましょう』

片翼を下げて、いかにも乗れと言わんばかりの体勢に戸惑った。乗ってもいいのだろうか？

『さあ、私はあなたを抱っこできないもの、どうぞ？』

優しい声に促され、翼を傷つけないよう慎重に跨がると、アリーラルが小さくいななき、ゆっくりと歩き出した。

やがて森を抜け、少しスピードを上げて駆け出したと思った時、ぐんと体に重力がかかった。

「わ、わあ……！」

ばさり、とオレの両脇で大きな翼が羽ばたき、みるみる地面が遠くなっていく。

『どう？　きれいでしょう。私が守りたかった場所、あなたが救ってくれた場所よ』

声もなく眼下の光景に見とれたオレに、アリーラルが囁いた。

「ううん、アリーラルが守っている場所、だよ」

だから、こんなに美しい。オレとアリーラルは、うっとりと束の間の飛行を楽しんだ。

『――このままだと、ここで寝てしまうわよ？』

ふかふかの苔に寝転がり、漂う光球に見とれていたら、隣で伏せていたアリーラルが苦笑した。

「オレ、帰らなきゃいけない？」

『私は嬉しいのだけど……まだ、あなたには早いわ』

でも、もう少しここにいたいのだけど。心地よさに目を閉じようとした時、つんつんと頬をつつかれた。

『主ぃ、カロさんとこに行くんじゃないの？　遅くなったら怖い人が怒るぜ？』

カロルス様。そっか、今日のことを教えてあげなきゃ。素敵なところだったんだよって言いたい。固いお膝の上で、重たい腕をお腹に回してお話しするんだ。そしてだんだん眠くなってきて、いつの間にか寝ちゃうんだ。ぼやぼやしていた頭が、急激に覚醒した。

「オレ、帰らなきゃ！　遅くなっちゃった。ごめんね、アリーラル、またね」

『ええ、また、ね。辛いことがあったら、戻ってきてもいいのよ』

アリーラルは、少し寂しげに言って、翼を広げた。

◆◇◆◇◆

「カロルス様、『霧の森』って知ってる？」

ただいま、と高い位置にある膝に飛び乗ったら、大きな手がわしわしと頭を撫で回した。欲しかったものが手に入って、オレはにこにこしながら無精髭《ぶしょうひげ》の顎を見上げた。

「おう、おかえり。なんだ？　聞いたことはあるが、詳しくは知らんな」

「あのね、今日そこに行ってきたよ！」

「そうか、どんな……はぁ!?」

ふんふんと書類に目を通しながら聞き流していたカロルス様が、紙をぐしゃりとやった。それ、必要な書類じゃないの？

「お前、『霧の森』って、あの霧の森のことだろう？　行ったって……どういうことだ？」

ひょい、とオレを向かい合わせに抱え直し、真剣な瞳が覗き込んだ。

「えっと、幻獣に呼ばれて、アリーラルを治してきたの」

「全く分からん。また厄介ごとか……」

額に手を当てたカロルス様は、ため息を吐くと、オレを抱えて1階へと下りていった。


「ユニコーンに乗ったユータちゃん……ああ、どうして私はその場にいなかったの⁉」

「エリーシャ様、大丈夫です、その情報だけで万金《まんきん》に値します」

「ねえ、話の本筋はそこじゃなかったと思うんだけど」

いつも通りのエリーシャ様たちに、セデス兄さんは紅茶を啜りながら呆れた視線を送ってい
る。オレは一通りの説明を終え、甘くしてもらった紅茶を抱えてくつろいでいた。もちろん、
固いお膝の上で。なんとなく、1人でもう一度霧の森へ行ったことには触れなかった。

「無事に戻ってこられたからよかったものの、お前、大変なことだぞ？」

分かってねえだろうな、とカロルス様がため息を吐いて、オレの頭をわしわしとやった。

「でも、オレだけなら帰ってこられるもの。大変じゃないよ？」

「ユータ様はそうやって、ある程度格好がついてしまうのが難点ですね……」

それって悪いこと？　とろりとし始めたまぶたをこすっていると、執事さんがそう言いながら、そっとオレのカップを取り上げた。

「お前は何もなかったんだな？　これ以上、何もないな？」

ぬいぐるみのようにオレを持ち上げたカロルス様が、真正面からオレを見つめた。額を付き合わせるように真っ直ぐ見つめられて、ふと、２回行ったことを後ろめたく思った。

「うん、その、何もなかったよ……」

何もなかったのは嘘じゃない。オレはそれだけ言って曖昧に微笑んだ。


そっと横たえられて、冷えたシーツに目が覚めた。ああ、やっぱり寝てしまったんだな。

「起こしたか、悪い」

布団をかけようとしたカロルス様が、くしゃりとオレの頭に手をやった。オレは、離れようとする手を、力の入らない両手で掴んで引き留める。

「なんだ？　休んで帰るんだろ？」

苦笑したカロルス様がベッドの端に腰掛け、ぎしりと音がした。

「うん、……どうしたの？」

ともすれば閉じようとするまぶたを開けて、じっと暗闇の中の瞳を見つめた。カロルス様は、暗いところでは少し無防備になる。でもね、オレにはしっかり見えてるんだよ。

「……この野郎」

「ぶっ!?」

カロルス様は、悔しげに顔を逸らすと、オレの顔に枕を押しつけた。完全に目が覚めたオレは、枕を跳ねのけると、逃がすまいとカロルス様の正面に回って視線を合わせた。

「はあ……別に、なんてことねえよ。――噂がな、あるんだよ。霧の森ってとこは楽園だってな。もう一度行けるなら、もう二度と戻ってはこないってよ」

どきりとした。あそこで暮らしたいって思いが確かにあったから。見透かすようなブルーの瞳が、オレを見て、少し目を伏せた。

「でもよ、楽園、なんだろ？　止められねえだろうが。もし、お前が……」

カロルス様は、一瞬、射貫《いぬ》くような強い瞳でオレを見て、フッと笑った。ぽんぽんと優しく頭に触れた左手は、何かをなだめているように思えた。

「おやすみ、早く寝ろよ？　明日起こさねえぞ」

カロルス様がニヤッと笑って立ち上がろうとするのを、ぐいっと引っ張る。あのね、オレ、暗くても見えてるって言ったでしょう？　カロルス様の膝に乗り、右の拳にそっと小さな手を添えると、大きな体がピクリとした。キツく、固く握られた拳は、冷たくなっていた。

「大丈夫。あのね、本当はもう1回行ったの。本当に素敵な場所でね、ここにいたいなって思ったんだ。でも、カロルス様に会いたいなって思ったから、帰ってきたんだよ」

ふわっと微笑むと、カロルス様が呻《うめ》いて両手で顔を覆った。

「……くっそぉ……」

覆った指の隙間から、この野郎、と小さな声が聞こえて、それがあんまり悔しそうに言うもんだから、思わずくすくすと笑ってしまった。ぎゅう、と抱きしめた固い体に頬を寄せると、楽園にはない満足感が、小さな体いっぱいに広がった。

アリーラル、ありがとう。オレ、戻らなくても大丈夫だよ。心の中でそっと呟いて、にっこりと笑った。

あとがき

ユータ：もふしら4巻を手にとっていただいて、ありがとうございます！　オレも、ついに学校に行けるようになったんだよ！

カロルス：うおお～本当に行かせて大丈夫だったか……？　俺の判断は正しかったのか……？

セデス：きっと何か起こると思ったけど、まあ大丈夫な方なんじゃない？

ユータ：オレ、問題起こしたりしてないよ！

エリーシャ：もちろんユータちゃんは何の問題もないわ！　何かあればきちんと言うのよ？どんな些細なことでも、逐一、念入りに、事細かに！

マリー：そうです！　こんなにお可愛らしいんですから、心ない輩が卑劣なことをしないとも限りません。靴にちょっと砂が入っていたとか、厚着をしたのに気温が高いとか、食事中に舌を噛んじゃったとか！　それから――

ユータ：それは誰のせいでもないような……。

グレイ：まあとにかく、誰かのせいで何か起こった時には……（にっこり）。

ユータ：ひええ……エルベル様、大丈夫？

エルベル：バ、バカっ！　やめろ、なんで今俺の名を出す！　そもそもなんで俺を呼んだんだ！

ユータ：だって『とくべつゲスト』かなって思って。とくべつ、でしょ？　なにしろ――
エルベル：……なにしろ？
ユータ：あの調味料をくれたんだから！
エルベル：……そこなのか⁉　お前にとって俺は調味料程度の存在か……。
ユータ：そんなことないよ！　どっちも大切、どれもなくてはならないものなんだから！
モモ：いいこと言った風だけど、全然フォローになってないわよ……。
セデス：僕たち、調味料と同列かー。
カロルス：別に構わんぞ！　野菜よりは上ってことだ！
ユータ：いやいや、野菜だって大切なんだから！
カロルス：何っ⁉　お前、野菜と俺どっちが大切なんだ！
チュー助：ここで俺様登場！　次回も俺様の活躍を楽しみにしてくれよな！（シャキーン！）

世間が不安定な状況で、皆さま心身は大丈夫でしょうか？　もふしらは、疲れた心を休めてもらいたいと思って書いているお話です。少しでも癒やしになれたら幸いです。
最後になりましたが、毎回素敵なイラストを描いて下さる戸部淑先生、そしてかかわっていただいた皆様へ、心から感謝申し上げます。

SPECIAL THANKS

「もふもふを知らなかったら人生の半分は無駄にしていた4」は、コンテンツポータルサイト「ツギクル」などで多くの方に応援いただいております。感謝の意を込めて、一部の方のユーザー名をご紹介いたします。

Mag　ラノベの王女様　den　遊紀祐一　鯉のなます
藤華　緋色　Drago Chiaro　木塚 麻弥
aya-maru（のどか）　花果唯　市川　雄太
金ちゃん　いすみ 静江　炬恵　美織　nyabe-c
KIYOMI.A　大巳たかむら　ciel-bleu-clair　もこわん
イザヤ　みゃお　齊乃藤原　京　natu　猫町
会員～　ゆな。　凛咲 茜　黒もふ　ビーチャム
皐月奈緒　Rose'　タカ61（ローンレンジャー）
みんみん　mizuki　那智　D.　miwa-u

ツギクルAI分析結果

「もふもふを知らなかったら人生の半分は無駄にしていた4」のジャンル構成は、ファンタジーに続いて、恋愛、SF、ミステリー、歴史・時代、ホラー、青春、現代文学の順番に要素が多い結果となりました。

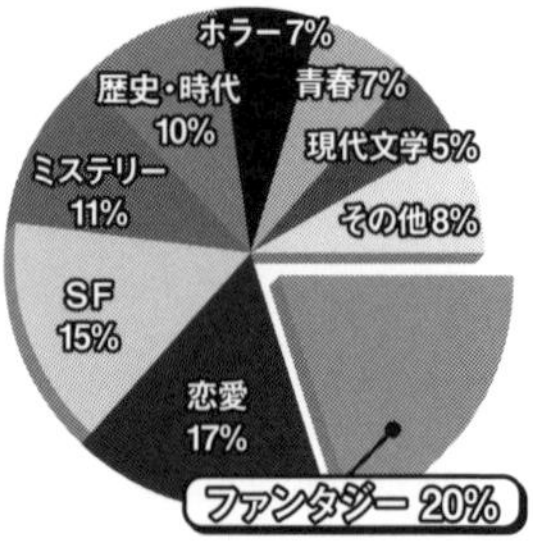

期間限定SS配信

「もふもふを知らなかったら人生の半分は無駄にしていた4」

右記のQRコードを読み込むと、「もふもふを知らなかったら人生の半分は無駄にしていた4」のスペシャルストーリーを楽しむことができます。ぜひアクセスしてください。
キャンペーン期間は2021年1月10日までとなっております。

5巻 2020年
10月発売予定!
もふもふを
知らなかったら
人生の半分は無駄
にしていた
1~4
著/ひつじのはね
イラスト/戸部淑
冒険あり、癒しあり、笑いあり、涙あり
もふもふたちに囲まれた
異世界スローライフ!
第7回
ネット小説大賞
受賞作!
KADOKAWA
「ComicWalker」で
コミカライズ
好評連載中!
魂の修復のために異世界に転生したユータ。
異世界で再スタートすると、ユータの素直で可愛らしい様子に
周りの大人たちはメロメロ。
おまけに妖精たちがやってきて、魔法を教えてもらえることに。
いろんなチートを身につけて、
目指せ最強への道??
いえいえ、目指すはもふもふたちと過ごす、
穏やかで厳しい田舎ライフです!
転生少年ともふもふが織りなす
異世界ファンタジー、開幕!
本体価格1,200円+税 ISBN978-4-8156-0334-2
ツギクルブックス
https://books.tugikuru.jp/

異世界に
転移したら山の中だった。
反動で強さよりも快適さを選びました。
著▲じゃがバター
イラスト▲岩崎美奈子
カクヨム
書籍化作品
勇者には極力近づきません！
花火の場所取りをしている最中、突然、神による勇者召喚に
巻き込まれ異世界に転移してしまった迅。
巻き込まれた代償として、神から複数のチートスキルと家などのアイテムをもらう。
目指すは、一緒に召喚された姉(勇者) とかかわることなく、
安全で快適な生活を送ること。
果たして迅は、精霊や魔物が跋扈する異世界で
快適な生活を満喫できるのか――。
精霊たちとまったり生活を満喫する異世界ファンタジー、開幕！
「カクヨム」総合ランキング
年間1位 獲得の人気作
(2020/4/10時点)
本体価格1,200円＋税　ISBN978-4-8156-0573-5
「カクヨム」は株式会社KADOKAWAの登録商標です。
ツギクルブックス
https://books.tugikuru.jp/

ある日、喫茶ふるるに異世界からS級冒険者がやってきて、
コーヒーの代金代わりにベーゴマを4つ置いていったことから、常連のお客さんたちの様子がおかしくなる。

「地球は魔王に狙われているから救わないといけない」

異世界からの出戻り賢者の留さん、前世勇者の記憶もちの社長、
逃亡悪役令嬢のエリカママと、転生聖女のエリカ。

お客さんたちが異世界ごっこを始めたので、私も付き合うことになりました。

役割は錬金術師ということらしいです。

え？　ごっこじゃない？　いや、でも私、ごくごく普通のカフェオレしか提供してないですよ？

……あ、モーニングはお付けしますか？

喫茶店から始まる、ほのぼの異世界ファンタジー、いま開幕！

本体価格1,200円＋税　ISBN978-4-8156-0587-2

ツギクルブックス　https://books.tugikuru.jp/

本体価格1,200円＋税　ISBN978-4-8156-0572-8

ダンジョン暮らし！
スキル【ダンジョン図鑑】で楽々攻略？
著 夢・風魔 イラスト ふらすこ
コミカライズ
企画進行中！
ダンジョンって暮らすところじゃないよね？
地球上にダンジョンが生成されるようになって10年。
ダンジョンの謎を明かそうと攻略する人々を『冒険家』と呼ぶ時代が訪れた。
元冒険家の浅蔵豊はダンジョン生成に巻き込まれるが、 その際、
2人の女子高生を助けようとして、 車ごとダンジョン最下層へと落下。
3人は生き残るため、 ダンジョンに飲み込まれたホームセンターへと逃げ込んだ。
食料はある。 武器を作る材料もある。 自転車だってある。 野菜だってある!
浅蔵は新たに獲得したスキル『ダンジョン図鑑』を左手に、2人の女子高生と共に地上を目指す。
元冒険者と女子高生がゆるゆるとダンジョンを攻略する異世界ファンタジー、 開幕。
本体価格1,200円＋税 ISBN978-4-8156-0571-1
ツギクルブックス
https://books.tugikuru.jp/

ツギクルブックス

愛読者アンケートに回答してカバーイラストをダウンロード！


愛読者アンケートや本書に関するご意見、ひつじのはね先生、戸部淑先生へのファンレターは、下記のURLまたは右のQRコードよりアクセスしてください。

アンケートにご回答いただくとカバーイラストの画像データがダウンロードできますので、壁紙などでご使用ください。

https://books.tugikuru.jp/q/202007/mofushira4.html

本書は、「小説家になろう」（https://syosetu.com/）に掲載された作品を加筆・改稿のうえ書籍化したものです。

もふもふを知《し》らなかったら人生《じんせい》の半分《はんぶん》は無駄《むだ》にしていた4

2020年7月25日　初版第1刷発行

著者　ひつじのはね

発行人　宇草 亮
発行所　ツギクル株式会社
〒106-0032　東京都港区六本木2-4-5
TEL 03-5549-1184
発売元　SBクリエイティブ株式会社
〒106-0032　東京都港区六本木2-4-5
TEL 03-5549-1201

イラスト　戸部淑
装丁　AFTERGLOW

印刷・製本　中央精版印刷株式会社

ISBN978-4-8156-0584-1
Printed in Japan